명랑
단편 홍조이

신은경 글 · 휘요 그림

명랑탐정

홍초이

1

이지북
EZbook

차례

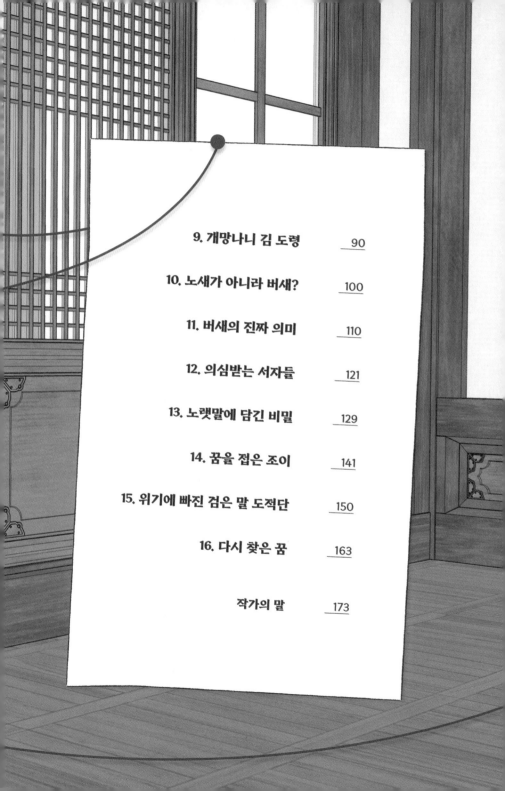

초파일 밤에 생긴 일

1

장통교 위는 그야말로 북새통이었다. 한양 사람들이 죄다 이리 몰려나온 것 같았다.

"와!"

천둥 같은 함성이 밤하늘을 찢으며 울려 퍼졌다. 개천 위에 매달린 숯 봉지들에 드디어 불이 붙은 것이다.

조이도 이러한 소란을 즐기고 싶었지만, 사정이 좋지 못했다. 사람들한테 밀려다니다 넋이 나간 탓이었다. 생전 처음 대문을 나섰던 용기는 개천 물에 흘려보낸 지 오래였다.

"조이 아가씨?"

누군가 조이를 불렀다. 애타게 찾던 유모가 아니라 남자 목소리였다.

'세상에! 서현 도련님이잖아.'

오라비와 가장 친한 친구인 윤 도령이었다.

'이게 무슨 망신이람.'

다가오는 윤 도령을 보고 조이는 빠져나갔던 정신을 얼른 추슬렀다.

"아가씨를 여기서 보게 될 줄은 몰랐군요."

조이도 여기서 윤 도령을 만날 줄은 몰랐다. 며칠 전 사랑방으로 불려 가 아버지한테 야단맞지 않았다면, 하필 그때 윤 도령이 오라비를 찾아오지 않았다면, 안채에 갇혀 사는 조이를 이 북새통에서 단박에 알아볼 일은 없었을 거다.

'눈에 띌 만큼 못생긴 얼굴도 한몫했겠지.'

외모에 생각이 미치자 조이는 이내 시무룩해졌다.

"설마 혼자 나오신 건가요?"

윤 도령이 조이의 곁을 살피며 물었다.

"유모와 함께 왔는데 사람들한테 떠밀리다 놓치고 말았어요."

조이는 유모가 당부한 대로 목소리에 담뿍 내숭을 집어넣었다. 밤 나들이를 들킨 것만으로도 이미 망신은 충분했다. 더는 흉이 커지지 않게 최대한 쓸어 담아야 했다.

"줄불놀이 소문이 규방에까지 들어갔나 봅니다. 양반 댁 아가씨가 대문 문턱을 넘은 걸 보면."

"이번을 놓치면 죽기 전에 다시 볼 수 있을 거란 기약이 없는지라……."

"하하, 줄불놀이가 저 멀리 안동 지방 풍습이긴 하지요. 한양에서는 처음인 데다 또다시 열린다는 기약도 없고요. 하지만 아가씨 나이 고작 열셋인데 죽음을 말하기는 너무 이른 것 같군요."

윤 도령이 호탕하게 웃었다. 그런데 '고작'이라는 말이 조이의 비위를 뒤집었다. 조이가 팩 토라져 턱을 치켜들었다.

"그렇게 말씀하시는 도련님도 이제 고작 열일곱 살이 잖아요?"

발끈하는 순간 아차 싶었지만, 이미 얌전한 아가씨 가면이 홀라당 벗겨진 뒤였다.

'홍조이 이 멍청이! 이러다 홍 판서 댁 외동딸은 얼굴만 못생긴 게 아니라 말본새까지 고약하다고 소문나고 말 거야.'

참을성 없는 자신을 탓하며 조이는 속으로 자기 머리를 쥐어박았다. 다행히 윤 도령은 나무라지 않고 빙긋이 미소만 띠었다. 괜스레 머쓱해져서 조이는 바닥으로 눈길을 내렸다.

탁! 탁!

요란한 소리에 고개가 절로 들렸다. 숯가루에 섞인 사금파리 알갱이가 튀는 소리였다. 다리 가까운 줄불에도 불이 붙은 것이다.

불과 만난 숯가루가 붉은 꽃망울을 터뜨리며 사방으로 흩어졌다. 주홍빛 불꽃이 장통교 주위를 환하게 수놓았다.

윤 도령의 얼굴도 불빛을 받아 또렷해졌다. 가느다란 붓으로 공들여 그린 듯한 섬세한 이목구비. 조이는 사내한테 이런 표현을 쓰게 될 날이 올 줄은 몰랐다. 꽃이 부끄러워 고개를 숙일 듯한 아름다움이라니!

'사내는 죄다 아버지나 오라버니처럼 우락부락하게

생긴 줄로만 알았는데, 저렇게 고운 사내도 있구나. 저 눈에 비친 나는 얼마나 못나 보일까.'

조이는 불꽃이 빨리 사그라지기만 빌었다. 그런데 윤 도령이 다정하게 입술을 열었다.

"불꽃이 아가씨 눈동자에도 피었네요. 눈동자가 마노처럼 참 예쁩니다."

'예쁘다.'

조이가 그 말을 속으로 되뇌었다. 눈동자라 콕 집기는 했지만 태어나 처음 듣는 말이었다. 평생 들을 일 없을 거라 체념해 온 말이기도 했다.

그때 누군가 지나가며 조이와 어깨를 세게 부딪쳤다. 조이는 중심을 잃고 휘청거렸다. 막 넘어지려는 순간 윤 도령이 어깨를 붙잡았다.

"괜찮으세요?"

조이는 숨을 제대로 쉴 수 없었다. 코앞에 윤 도령의 눈이 있었다. 단정한 까만 눈이 걱정을 담아 조이를 보고 있었다. 쿵쿵 가슴에서 북이 울리기 시작했다. 얼굴에도 뜨겁게 열이 올랐다. 조이가 윤 도령한테 풍덩 빠져든 순간이었다.

"공자께서 말씀하시길, 배우고 틈나는 대로 익히면 또한 기쁘지 아니한가. 벗이 있어 멀리서 찾아오면 또한 즐겁지 아니한가. 벗이라……. 후유."

조이는 한숨을 내쉬며 연못가에 쪼그리고 앉았다. 초파일 줄불놀이 이후에 새로 생긴 버릇이었다.

"아이고, 또 이러고 계시네. 자수틀도 팽개치고 맨날 왜 이러시는지!"

유모가 타박을 놓으며 다가왔다. 조이는 들고 있던 책을 얼른 치마폭에 파묻었다.

"다 봤는데 인제 와서 뭘 숨겨요? 저는 대감마님 손에 언젠간 죽지 싶습니다."

"유모도 참, 상을 주시면 주셨지 벌을 왜 주시겠어? 돌아가신 어머니를 대신해 지난 삼 년간 유모가 살림을 도맡아 왔는데."

"힘들여 열심히 집 안을 살피면 뭘 해요? 아가씨가 모조리 깎아 먹는데. 허구한 날 책만 보시니 대감마님이 저만 잡는 거잖아요. 방물장수 여편네 때문에 가뜩이나 심기가 언짢으신데 조심 좀 하세요. 이놈의 여편네가 동네방네 소문을 안 낸 데가 없으니!"

그랬다. 홍 판서댁 외동딸은 아주 못생긴 박색이라는 소문이 한양 바닥에 자자했다.

시작은 방물장수였다. 방물장수는 조이가 처음 만난 바깥세상 사람이었다. 이 집 저 집 돌아다니며 빗, 가락지, 노리개, 바늘, 실 같은 규방 물건을 팔았는데, 보따리만 풀어 놓는 게 아니라 바깥소문도 함께 펼쳐 놓았다.

누구네 집 딸이 예쁘다는 둥 누구네 집 아들이 글공부를 열심히 한다는 둥, 시시콜콜한 양반집 사정이 방물장수의 입을 통해 대문과 대문을 넘나들었다. 사람이 아닌 집안을 보고 혼인하는 시대였지만, 미리미리 생김새와 됨됨이를 알아보는 건 흔한 일이었다. 그리고 이런 일에는 방물장수가 딱 맞았다.

조이네도 얼마 전 방물장수가 다녀갔고, 곧 해괴한 소문이 한양을 휩쓸었다. 홍 판서댁 외동딸이 첫날밤에 소박맞게 생겼다는 소문이었다.

"여인은 자고로 몸집은 작고 통통해야 하고, 넓은 이마에 초승달처럼 얇은 눈썹, 가느다란 눈, 작은 입이 최고인데, 홍 판서댁 아가씨는 웬만한 사내만큼 키가 큰데다 눈도 크고 입도 큰 못난이라고? 칫, 타고나길 이런 걸 나더러 어떡하라고!"

조이가 방물장수가 퍼뜨린 내용을 이기죽이기죽 곱
씹었다. 유모도 소매를 걷어붙이며 이를 빠드득 갈았다.

"이놈의 여편네, 만나기만 하면 머리털을 몽땅 뽑아
버려야지. 아가씨, 이왕 이렇게 된 거 다른 걸로 밀고 나
갑시다."

"다른 거?"

"갈 길이 멀긴 하지만 아가씨가 몸가짐이 얌전하고
손끝이 야무져서 좋은 며느릿감이라고 소문을 내는 거
예요."

유모 말에 조이는 입술을 삐죽이 내밀었다.

"치, 좋은 며느리가 되려고 혼인하나? 평생 옆에 있을
동무를 만나려고 하는 거지. 무엇보다 나를 끔찍하게
좋아해야 하고."

"아이고, 큰일 날 소리! 하늘 같은 서방님한테 동무라
니요? 그리고 못난이라는 소문이 파다한데 어느 댁 도
련님이 좋다고 하겠어요?"

'피, 있을지 누가 알아? 예쁘다고 말해 준 사람도 벌써
있는걸.'

조이는 윤 도령을 떠올리며 속으로 구시렁거렸다.

그런데 그때 거짓말처럼 사랑채 쪽에서 귀에 익은 목소리가 들려왔다. 조이는 뭔가에 홀린 것처럼 무작정 담벼락으로 달려갔다.

"아가씨, 어디 가세요? 천방지축이라는 소문까지 보태시려고요?"

유모 말을 귓등으로 흘려보내고 조이는 안채 담 아래 포개 놓은 기왓장 무더기 위로 뛰어올랐다.

담 너머로 홍 도령이 보였다. 조이의 오라비였다. 홍 도령이 윤 도령을 반기며 댓돌 위로 내려섰다.

"어서 와. 근데 내가 집에 돌아온 건 어찌 알고?"

"성균관에서 권당이 일어났다는 말을 듣고 왔지."

윤 도령이 말한 대로 홍 도령은 권당으로 집에 와 있었다.

얼마 전 대비 오라비의 잘못을 지적하며 성균관 유생들이 상소를 올렸는데, 임금에게 받아들여지지 않았다. 그러자 유생들은 수업을 거부하며 집단으로 성균관을 비우는 권당을 선택했다.

초여름 햇살이 윤 도령의 뽀얀 얼굴 위로 쏟아졌다.

밝은 대낮에 보니 초파일 밤과는 사뭇 달랐다. 아름다운 꽃이 아니라 깎아 놓은 백옥처럼 잘생긴 사내였다. 반달 같은 눈매, 오뚝 솟은 콧마루, 단정한 입술. 그리고 짙은 속눈썹 아래 자리한 눈동자는 헤아릴 수 없이 맑고 깊었다.

저 눈으로 저를 바라보았을 때 얼마나 가슴이 뛰었던가. 생각만으로도 조이의 두 볼이 복숭아처럼 발그레해졌다.

그때였다. 갑자기 윤 도령이 안채 쪽으로 고개를 돌린 것은. 두 눈이 딱 마주친 순간 조이는 놀라서 헉하고 숨을 들이마셨다. 그런데 하필 그때 유모가 조이의 허리를 덥석 붙잡았다.

"아가씨, 뭐 하세요?"

"어, 어?"

기왓장을 디딘 조이의 발이 미끄덩대며 중심을 잃었다. 조이는 결국 허우적대다 바닥으로 굴러떨어지고 말았다.

넘을 수 없는 벽

2

"어휴, 이 말괄량이! 또 사고를 쳤네."

홍 도령이 고개를 절레절레 흔들었다. 조이의 비명을 듣고 윤 도령과 함께 안채로 달려온 터였다. 그 바람에 누이가 볼썽사납게 자빠져 있는 걸 고스란히 친구한테 보이고 말았다.

조이는 너무 창피해서 쥐구멍이 있나 찾아보았다. 윤 도령이 고개를 돌리고 입을 가리는 걸 본 것이다. 어깨가 들썩이는 걸 보아 웃음을 참고 있는 듯했다.

"유모, 조이 좀 일으켜 줘."

홍 도령의 말에 윤 도령이 손을 내밀다 얼른 거두었

다. 조이는 유모의 손을 잡고 일어나다 금세 다시 주저
앉았다.

"아야!"

발목에서 찌르르 아픔이 느껴졌다.

"발목을 삔 것 같군요."

윤 도령이 무릎을 굽혀 앉으며 눈으로만 발목을 살폈
다. 조이는 유모의 눈이 튀어나올 듯 커지는 것도 모르
고 버선을 훌러덩 벗었다.

"아니, 외간 사내 앞에서 맨발을 보이시면……."

유모가 손을 휘저으며 외쳤다.

"하하, 유모. 괜찮아. 이 친구가 혜민서 의학 생도잖아.
조이야, 예비 의원 앞이니 부끄러워 말고 내보이거라."

"도련님, 아무리 그래도……."

유모가 어쩔 줄 몰라 하며 여전히 동동거렸다. 조이는
머뭇거리다 조심스럽게 치마를 발목까지 올렸다.

"이게 웬 소란이냐?"

홍 판서였다. 조이를 비롯해 모두가 불에 덴 듯 화들
짝 놀랐다.

"남녀칠세부동석이라 했거늘 상것처럼 한데 뭉쳐 뭣

들 하는 짓이야?"

홍 판서가 벼락처럼 내지르자 홍 도령이 재빨리 변명을 꺼냈다.

"아버지, 조이가 발목을 다치는 바람에 살피던 중이었습니다."

"낼모레면 시집갈 나인데 고삐 풀린 망아지처럼 날뛰니, 원. 김 판관댁과 혼담이 오가고 있는데 몸가짐을 조심해야지!"

홍 판서가 못마땅해하며 혀를 끌끌 찼다.

'혼담이라고?'

조이의 심장이 아래로 툭 떨어졌다. 머릿속에서는 거센 폭풍이 일었다.

그때 홍 판서의 눈이 땅으로 가 꽂혔다. 눈썹도 샐쭉 올라갔다.

"아니, 이게 뭐야? 『논어』가 왜 여기 떨어져 있어?"

홍 판서가 책을 집어 들며 물었다. 조이가 어깨를 흠칫하자 홍 판서가 놓치지 않고 눈을 부릅떴다.

"너 또 오라비 책을 빼돌렸구나! 계집애가 『논어』를 읽어 어디에 쓰려고? 네 오라비처럼 성균관에라도 들어

가려고?"

조이는 윤 도령 앞에서 자꾸만 망신을 주는 아버지가 미웠다. 결국 꼭꼭 숨겨 왔던 원망이 목소리로 흘러나왔다.

"네, 들어갈 수만 있다면 들어가고 싶어요. 공부로 겨뤄 사내들을 이길 자신도 있고요. 아마 저보다 못한 사내가 수두룩할걸요."

"뭣이! 네가 우리 집안을 망하게 하려고 아주 작정을 했구나. 혹시라도 이 말이 김 판관댁에 들어가면 어쩌려고? 예쁘고 참한 규수들 다 놔두고 너를 데려가 준다는데 고마운 줄 알아야지!"

"조이 나이 이제 겨우 열셋이에요. 시집 보내기에는 너무 어립니다."

홍 도령이 나서며 조이를 두둔했다.

"누가 지금 당장 혼인시킨다더냐? 미리 정혼만 해 두자는 거지. 정우, 네가 이렇게 싸고도니 조이가 저 모양이지. 계집애한테 언문이면 충분한 것을 네가 글을 가르쳐 이리된 것 아니냐!"

홍 판서가 불쾌한 듯 손을 내저었다. 그러고는 윤 도

령을 슬쩍 곁눈질한 뒤 말을 계속해 나갔다.

"너는 성균관에 들어갔으면 공부나 열심히 할 것이지 왜 권당은 한다고 설쳐? 네깟 것들이 정치를 알아? 언제까지 철없을 때 어울리던 무리와 쏘다닐 테냐? 그러니 그 나이 먹도록 사리 분간을 못 하지. 분수를 모르고 설치는 건 또 어떻고."

마지막 말은 홍 도령에게 하는 말이 아니었다. 홍 판서의 화살은 윤 도령을 겨누고 있었다. 윤 도령의 턱이 바르르 떨리다 딱딱하게 굳었다.

윤 도령과 홍 도령은 어릴 때 한 스승 밑에서 글을 배운 사이였다. 둘은 가장 친한 친구였지만 서로 신분이 달랐다. 윤 도령은 법으로 차별이 정해진 서자, 즉 첩의 자식이었다. 아버지인 윤 참판한테도 '아버지'가 아닌 '나리'라 불러야 하는 게 윤 도령의 신분이었다.

'어쩜, 저렇게 대놓고 무안을 주실 수 있지?'

조이는 미안해서 차마 윤 도령 쪽으로 눈동자조차 돌리지 못했다. 그동안 수도 없이 이러한 모욕을 받아 왔을 걸 생각하니 마음이 찢어질 듯 아팠다.

"서현이가 약재를 보내왔어. 부기 빼는 데 잘 듣는다면서."

홍 도령이 약재 꾸러미를 내려놓으며 말했다.

"도련님이 직접 가져오셨어요? 고맙다고 인사드리면 좋았을걸……."

조이의 어깨가 아래로 축 내려갔다. 얼굴을 보지 못한 게 못내 서운했다.

"아니. 서현이네 행랑아범이 가져온 거야."

"네……. 살짝 삔 거라 거의 다 나았는데, 괜한 수고를 끼쳤네요."

"그만하길 다행이야. 발목을 삐었기에 망정이지 얼굴을 다쳐 흉이라도 졌으면 어쩔 뻔했니? 얼토당토않은 소문만 보탤 뻔했지."

"제가 예쁘게 태어났으면 좋았을 텐데 그랬어요."

조이는 괜스레 손가락을 꼬물꼬물 만지작거렸다.

"소문처럼 남편이 소박 놓을까 걱정되니? 너를 제대로 알고 나면 누구라도 어여쁘다 여길 테니 걱정하지 마라. 오라비가 하는 말이니 믿어도 돼."

홍 도령이 호기롭게 말하고는 장난꾸러기처럼 씩 웃

었다.

"김 판관 댁 도령은 안 그럴걸요."

조이 말에 홍 도령의 얼굴에서 미소가 사라지고 눈썹이 삐뚜름하게 올라갔다.

"오늘 낮에 그 댁 도령이 다녀갔다며? 이름이 김득지였나? 설마 그치가 너한테 뭐라고 한 거니?"

"아니에요. 그저 먼발치서 본 게 다예요. 유모가 손님을 맞느라 서두르다 안채 문 닫는 걸 깜빡했거든요."

조이가 남의 말 하듯 무덤덤하게 말했다.

"어떻디? 마음에 들어?"

"제 마음이 무슨 소용이에요. 어차피 아버지 뜻대로 정해질 텐데요."

얼굴을 찌푸리지 않으려고 애를 썼지만 별 효과가 없었다.

"그건 그렇지만……."

흘끔 조이의 얼굴을 살피던 홍 도령이 주저주저 말을 이었다.

"혹시 서현이를 마음에 두고 있니? 서현이를 보는 네 눈이 평소와 달라 보여서 말이야. 아니라면 다행이지만,

그렇다고 해도 접어야 한다. 괜찮은 친구인 건 맞지만,
법도가 그러한데 어쩌겠니?"

조이는 치마를 꽉 움켜쥐었다. 거대한 벽이 눈앞을 가
로막고 있는 것 같았다. 올려다보는 것만으로도 숨이
막혔다. 절대로 넘을 수 없는 벽이었다.

소학에서 나온 벽서

3

"남이 나를 알아주지 않아도 노여워하지 않으면 또한 군자가 아니겠는가. 후유, 이리 노여운 걸 보니 나는 군자는 아닌가 보다."

조이는 크게 한숨을 내쉬며 자수틀을 내려놓았다. 사흘째 들고 있었지만, 나비는 여전히 한쪽 날개로 날고 있었다.

어머니는 일고여덟 살부터 조이를 옆에 앉히고 자수를 가르쳤다.

"양반가에 태어난 이상, 여인은 평생 규방에 갇혀 살아야 하는 운명이란다. 오늘이 어제 같고 내일이 오늘 같은 기나긴 날들이 이어지지. 그 많은 낮과 밤을 보내기에 자수만큼 좋은 동무가 없단다.”

어머니가 수틀을 쥐여 주며 해 준 말이었다.

“어머니, 저는 자수보다 책과 동무했으면 좋겠어요.”

푸념 섞인 말을 중얼거리며 조이가 다시 자수틀을 집어 들었다.

“아가씨, 이거요.”

언제 왔는지 유모가 코앞으로 불쑥 책을 내밀었다.

“아가씨가 하도 기운 없어 해서 작은사랑에서 몰래 가져왔어요. 이게 그『논어』라는 책이지요?”

아쉽게도『논어』가 아니라『소학』이었다.

“후후, 잘못 가져왔어.『소학』은 예전에 다 뗐는걸.”

“까막눈이라 뭐가 뭔지 구분이 돼야 말이지요. 글자 수만 보고 냉큼 집어 왔지요.”

유모가 콧잔등을 긁적거리며 밖으로 나갔다.

“흠,『소학』이라. 오랜만에 보니 반가운걸. 어?”

책장을 휙휙 넘겨 보고 있는데 안에서 종이 한 장이 포르르 떨어졌다.

“언문이네. 뭐라고 쓴 거야? 에구머니나!”

조이는 별생각 없이 글자를 훑어가다 그만 식겁하고
말았다.

위로는 여왕이 설치고 아래로는 간신이 날뛰니,
나라가 망하길 기다리는 꼴이다. 어찌 한심하지
않은가.

종이는 벽서였다. 임금의 어머니, 대비를 비판하는 벽
서. '여왕'은 다름 아닌 어린 임금 뒤에서 나라를 마음대
로 주무르고 있는 대비였고, '간신'은 대비의 형제들이
었다.

'이게 왜 여기에……. 벽서 때문에 한양이 온통 시끄
럽다 들었는데 설마 오라버니가?'

가슴이 벌렁벌렁하는데 밖에서 기척이 들렸다.

조이는 허둥대며 벽서를 『소학』 안으로 끼워 넣었다.
벽서 끄트머리가 비죽 삐져나온 걸 보고 다시 갈무리하
려는데, 유모가 호들갑을 떨면서 들어왔다. 조이는 입술
을 깨물며 『소학』을 구석으로 확 밀었다.

"아가씨, 드디어 우리 계획을 펼칠 기회가 왔어요."

"우리? 유모와 내가 언제 계획을 세웠어?"

조이가 태연한 척 시치미를 떼며 물었다.

"아이고, 이러니 저만 맨날 속 터져 죽지. 방물장수가 왔다고요. 저번에 왔던 그 여편네가 아니라 장사를 시작한 지 얼마 안 된 새내기랍니다. 뭔가 확 떠오르는 거 없어요?"

유모가 가슴을 탕탕 치며 넋두리를 늘어놓았다.

"설마, 그때 말한 '다른 거'?"

"네, 그 '다른 거' 맞습니다. 이번 기회에 아가씨에 대한 평판을 손바닥 뒤집듯 획 뒤집어 버리는 거예요. 때를 봐서 내가 아가씨 자랑을 왕창 늘어놓을 테니 장단이나 잘 맞추세요."

조이는 못 말리겠다며 고개를 내저었다.

잠시 뒤 방물장수가 보따리를 들고 안으로 들어왔다. 방물장수의 큰 키를 보고 조이의 눈이 휘둥그레졌다.

'저리 큰 여인은 처음 본다. 오 척이 넘겠는걸.'

유모는 방물장수의 키보다는 앳된 얼굴에 눈길을 주었다.

"이런 장사를 하기에는 많이 어려 보이는구먼. 기껏

해야 스물다섯쯤 됐으려나?"

유모 말에 방물장수의 어깨가 살짝 움찔했다.

"그게 스, 스물다섯 맞아요. 남편이 일찍 죽어 자식들
하고 입에 풀칠이나 하려고 시작했답니다. 아직 서툴러
서 벌이가 시원찮아요."

방물장수가 볼을 붉히며 보따리를 풀었다. 고양이처
럼 샐쭉 치켜 올라간 눈매와 단단하게 쪽을 쪄 틀어 올
린 머리 때문인지 성격이 퍽 새초롬해 보였다.

방물장수는 나무 함을 열어 안에 있는 물건들을 펼쳐
놓았다. 수수한 차림새와 달리, 방물장수가 꺼내 놓은
물건들은 무척 화려했다.

그러나 유모의 마음은 이미 콩밭에 가 있고, 조이도
규방 물건에는 별 관심이 없는 터라 물건들을 보고도
시큰둥했다. 애가 탄 방물장수는 물건을 하나하나 들어
보이며 아등바등 좋은 점을 짚어 댔다.

"이 머릿기름은 해남에서 올라온 최고급 동백기름이
에요. 그리고 이 분은 한양에서 이름 높은 기생들이 바
르는 거랍니다. 바르기만 하면 바로……. 이 뒤꽂이는
마노로 만든 건데……."

"잠깐! 방금 뭐라 했어?"

건성건성 듣고 있던 조이가 다급하게 외쳤다.

"네? 마노로 만든 이 뒤꽂이 말인가요?"

방물장수가 머리에 꽂는 뒤꽂이를 내밀었다. 은으로
된 뾰족한 꼬챙이 끝에 빨간 돌로 만든 꽃이 붙어 있었
다. 조이는 홀린 듯 꽃 모양 뒤꽂이를 바라보았다.

"이 빨간 돌이 마노구나. 마노가 이렇게 생긴 거였어."

초파일 밤 윤 도령이 말했었다. 불꽃이 담긴 조이의
눈동자가 마노처럼 예쁘다고. 조이는 자기 눈동자가 정
말로 이렇게 예뻐 보였나 싶어 가슴이 두근거렸다.

"아가씨가 꾸미개에 관심을 두다니 웬일이래요? 이게
마음에 들어요? 고것참, 반짝반짝 윤이 나는 것이 곱기
도 해라."

유모가 눈을 동그랗게 뜨고 바짝 당겨 앉았다. 조이와
유모는 찰싹 달라붙어 뒤꽂이에 열을 올렸다. 이 모습
을 보고 방물장수가 피식 웃음을 터뜨렸다. 달리 할 일
이 없어진 방물장수는 한쪽으로 비켜나 방 안을 이리저
리 구경했다.

그러던 어느 순간 방물장수의 눈이 날카롭게 번뜩였

다. 방물장수는 곧 펼쳐 놓았던 물건들을 나무 함에 주섬주섬 집어넣고는 보자기까지 꼭꼭 동여맸다.

"어라? 그새 보따리를 다 싼 거야? 하긴 이거 말고는 아가씨 눈을 끄는 게 없으니 잘했네. 이 물건은 우리 아가씨가 사실 테고."

유모 말대로 조이는 흔쾌히 뒤꽂이를 샀다. 유모가 이때다 싶어 본격적으로 조이에 관한 거짓 자랑을 늘어놓기 시작했다.

"우리 아가씨가 이래 통이 크다네. 딱 대가 댁 맏며느릿감이지, 뭐. 손끝이 어찌나 야무진지 음식이면 음식, 바느질이면 바느질, 손만 댔다 하면…… 잉, 왜 일어나나? 벌써 가려고?"

유모의 바람과 달리 값비싼 물건을 판 방물장수는 미련 없이 자리를 털고 일어났다. 유모가 뒤에다 대고 삿대질을 해 댔지만, 조이는 뒤꽂이만 보아도 입이 헤벌쭉 벌어졌다.

뒤꽂이가 복을 가져오는 부적이었는지 그날 오후 윤도령이 서찰을 보내왔다. 비록 다친 발목에 관한 걱정과 안부가 다였지만, 조이는 기쁨으로 온몸이 푹 절여지는 기분이었다. 가슴속에서 흘러나온 말랑말랑한 기쁨이 머리카락 끝에서 발끝까지 휘돌았다.

'지금 이대로라면 삼 년은 행복할 것 같다. 웬만한 고난쯤은 코웃음 치며 받아 줄 수 있겠어.'

그러나 조이의 행복은 삼 년은커녕 사흘도 가지 못했다. 이튿날 포졸들이 육모 방망이를 휘두르며 들이닥친 것이다. 안채에는 다모들이 몰려와 방 안을 온통 헤집

어 댔다.

　조이는 털썩 주저앉아 한곳을 노려보았다. 쇠도리깨
로 문갑을 들추고 있는 다모는 분명 어제 왔던 방물장
수였다.

의금부의 수많은 조이

4

"어머니, 우리는 이제 어떻게 되는 걸까요. 흑흑."

"네 오라비가 임금을 해하려 한 역적이라니! 그럴 리 없어, 으흐흑."

조이는 다모간 안의 여인들이 부둥켜안고 우는 걸 멍하니 쳐다보았다. 모든 일이 거짓말처럼 한꺼번에 휘몰아쳤다.

오늘 아침 북촌의 여러 집은 갑자기 몰려온 포졸들 때문에 아수라장이 되었다. 이 집 저 집에서 들려오는 악쓰는 소리와 맞아서 지르는 비명, 서러운 울음소리가 담을 넘어 한데 뒤엉켰다. 곧 북촌 골목에는 붉은 오랏줄에 꽁꽁 묶인 죄인들의 행렬이 이어졌다.

조이는 아버지, 오라비와 함께 의금부 문턱을 넘었다
가 다모간으로 따로 끌려왔다. 다모간 안은 잡혀 온 양
반가 여인들로 가득했다. 대개가 죄인의 어머니거나 아
내, 누이, 딸이었다.

"아들이 성균관에 들어갔다고 마을 잔치를 했을 때만
해도 그놈 때문에 집안이 망하게 될 줄은 몰랐지. 죽어
서 조상님 얼굴을 어찌 보나."

늙은 여인이 넋을 놓고 중얼거렸다. 아침에 곱게 빗어
올렸을 머리가 엉망으로 헝클어져 있었다.

"밤마다 벽서를 붙이고 돌아다녔다니! 세상이 어수선
할 때는 그저 잠자코 있는 게 제 잇속 챙기는 일이건만
어리석긴……."

다른 나이 든 여인이 울먹이며 말끝을 삼켰다.

'벽서?'

조이의 얼굴에서 핏기가 가셨다. 조이는 바싹 마른 입
술을 혀로 적시고 나서 힘겹게 입을 열었다.

"벽서라니 무슨 말이에요? 우리가 잡혀 온 게 벽서 때
문인가요?"

『소학』 안으로 급히 끼워 넣었던 벽서가 떠올랐다. 뒤
꽂이에 정신이 팔려 이제껏 까맣게 잊고 있었다. 그러
고 보니 그 뒤 벽서는 물론이고 『소학』도 보지 못했다.
설마 그날 방물장수가 가져간 건가?

"권당이 소용없자 성균관 유생들이 벽서를 써서 한양
곳곳에 붙였단다. 염탐 나온 다모한테 들키는 바람에
이 꼴이 난 거고. 방물장수가 다모일 줄은 꿈에도 생각
못 했지."

가까이 앉은 누군가 자세히 알려 주며 한탄했다. 그
말을 듣고 조이는 몸을 바들바들 떨었다. 눈밭 위에 맨
발로 서 있는 것처럼 온몸이 시려 왔다.

'나 때문이었어. 그날 내가 벽서를 제대로 갈무리하지
못해서.'

조이는 무릎에 고개를 파묻고 흐느꼈다. 사기 조각을
삼킨 것처럼 울음을 토할 때마다 목이 찢어질 듯 아팠
다. 어제 느꼈던 기쁨이 티끌만큼도 남아 있지 않았다.

톡톡.

눈물마저 메말랐을 때 누군가 조이의 어깨를 건드렸
다. 처음 보는 다모였다. 방물장수로 왔던 다모는 의금

부로 끌려온 뒤 코빼기도 보지 못했다.

조이는 왜 그러냐고 눈으로 물었다. 다모가 손가락을 입술에 대고는 따라오라는 듯 고갯짓했다. 조이는 허깨비처럼 일어나 다모를 따라나섰다.

'이대로 따라가 죽어도 상관없겠지. 혀라도 깨물고 죽고 싶으니.'

그새 시간이 꽤 흘렀는지 밖이 캄캄했다. 둥글게 차오른 달 덕분에 걷는 데는 무리가 없었다. 잠시 뒤, 문 하나를 지나자 제법 큰 연못이 나타났다. 의금부 후원이었다. 다모는 조이만 두고 조용히 사라졌다.

조이는 어리둥절해서 주위를 둘러보았다. 연못가에 심어진 수양버들이 머리를 풀어헤친 귀신처럼 으스스했다. 그때 나무 아래 어둠 속에서 시커먼 덩어리가 다가왔다. 윤 도령이었다.

'이런 상황에서도 가슴이 뛰다니, 내가 정말 싫다.'

조이의 입술이 바르르 떨렸다. 눈물도 핑 돌았다.

"정우가 이것을 전해 달라 부탁했습니다. 몸에 지니고 있으면 안 되니 읽고 다시 돌려주셔야 합니다."

윤 도령이 소매에서 서찰을 꺼내 건넸다.

"옥에 갇혀 있을 텐데 어떻게……."

"세상이 썩을수록 돈이 먹히는 곳이 많은 법이지요."

조이는 말없이 고개를 끄덕이고는 서찰을 펼쳤다. 급히 쓴 듯 글자가 고르지 않았지만, 눈에 익은 글씨였다. 달빛을 등불 삼아 조이는 눈을 부릅뜨고 서찰을 읽어 내려갔다.

조이야.
이번 일에 네 잘못은 없다. 모든 게 나라가 잘못돼서 벌어진 일이란다. 그러니 너를 탓하며 스스로 괴롭히지 말았으면 좋겠구나.
너보단 벽서를 쓴 오라비가 집안의 죄인 아니겠니.
하나, 나는 조금의 후회가 없으니 너도 그리하거라.
조이야.
세상이 미쳐 갈수록 여인이 살기는 힘들어진다.
어떤 모진 일을 겪더라도 자신을 부끄러워하거나 탓하지 마라.
다시 만날 때까지 잡초처럼 살아남아라.
꼭 살아남아라.
그리고 절대로 아버지와 오라비 때문에 울지 마라.

조이는 울음이 올라오는 걸 막으려고 아랫입술을 꽉 깨물었다. 마음속으로나마 절대로 울지 않겠다고 오라비와 약속했다.

곧 윤 도령이 조이의 손에서 서찰을 거둬 갔다.

"집 안에서 벽서가 나왔다고 모두 역적이 되는 건 아닙니다. 길에서 주웠다는 변명도 있으니까요. 어차피 이번 일은 핑계라는 걸 말씀드리는 겁니다. 저들에게는 성균관을 찍어 낼 빌미가 필요했을 뿐이니까요. 오늘이 아니라도 언젠가는 벌어질 일이었단 거지요. 정우가 권당을 주도한 이들 중 하나였으니까요."

조이는 심호흡을 크게 한 번 내쉬고는 말했다.

"제 걱정은 하지 말라고 전해 주세요. 오라버니 말처럼 꼭 살아남을 거라고요."

목소리가 단단했다. 윤 도령이 안쓰러운 눈빛으로 고개를 끄덕였다.

며칠 뒤 판결이 내려졌다.

죄인들의 재산은 나라에서 죄다 거두고, 사내들은 멀리 귀양을 보내며, 여인들은 조정 대신들에게 여종으로 보내거나 여러 관청에 관비로 보낸다는 것이었다.

의금부 도사가 판결문을 읽어 주는 동안 조이는 마음을 다지느라 주먹을 꽉 쥐었다. 그런데 점점 주먹에서 힘이 빠져나갔다. 자기 이름이 계속해서 도사의 입에서 불리고 있었다.

"역적 이정회의 어미 보금, 정병찬의 처 조이, 이육의 어미 불덕은 영의정 윤태영에게 주고, 심하윤의 어미 미비을개, 누이 조이는 한성부 판윤 김치성에게 주고, 유담의 처 효선, 박동수의 누이 열비는 예조 판서 윤태섭에게 주고, 정기상의 어미 조이, 누이 작은조이는 사옹원 판관 김종개에게 주고, 홍정우의 누이 조이는 좌포청 관비로 주고……."

'조이'라는 말만 귀에 와 팍팍 꽂혔다. 여인 중 거의 절반이 '조이'였다.

'조이'는 조선에서 여인을 가리킬 때 흔히 쓰는 말이었다. 남의 집 딸이나 부인을 점잖게 이를 때 이름 대신 성 뒤에 붙이는 말이 '조이'였다. 여인을 낮잡아 부르는 '계집'이란 말과 쓰임새만 다르지 뜻은 같았다.

조이도 이미 알고 있었다. 아버지가 딸아이 이름 짓는

수고조차 아까워했다는 것을. 그래서 대충 갖다 붙인 이름이 '조이'라는 것도. 이름 때문에 새삼 상처받을 일은 없을 터였다. 적어도 오늘까지는 그랬다.

그러나 수많은 조이 속에서 제 이름이 불리는 순간, 조이의 마음속에서 무언가가 부서졌다. 조이는 처음으로 자신이 초라하게 느껴졌다.

'나는 이제껏 이름 하나 없이 살았구나. 세상 모든 하찮은 물건도 이름 하나씩은 가지고 있는데……. 하다못해 대문 밖 강아지조차 제 이름이 있는데…….'

조이는 아버지가 툭하면 내뱉던 말이 생각났다.

"계집애는 다른 재주 다 필요 없고 그저 시집가서 자식 잘 키우면 끝인 거야. 아무개 딸, 아무개 처, 아무개 어미로 살면 그만인 거지."

눈시울이 붉어졌다. 좌포청 관비가 된 것만큼이나 가슴이 욱신욱신 쑤셔 왔다. 오라비와 한 약속만 아니면 소리 내서 실컷 울고 싶었다.

다모 분이

5

오 포졸은 휘적휘적 잘도 걸었다. 조이는 놓칠세라 열심히 종종거렸다. 의금부를 나선 뒤 계속 이 모양새였다. 시전 행랑이 늘어선 운종가를 걷고 있었지만 둘러볼 여유 따위는 없었다.

"저기 보이는 파자교를 건너면 바로 좌포청이다."

오 포졸이 손가락으로 휙 가리키고는 가던 길을 재촉했다.

"왜 그리로 안 가고……."

조이가 말끄트머리를 삼켰다. 오 포졸의 이마 주름이 꿈틀대서였다.

"너 열셋이라며? 관노비는 열여섯 살이 돼야 소속 관청에서 일을 시작하는 거야. 그 전에는 부모 밥 먹는 거고. 제길, 열여섯도 안 된 계집애를 좌포청에 떠넘기면 어쩌라는 건지."

콧김을 뿡뿡 풍기며 씨근덕거리는 것을 보고 조이는 더는 묻지 않았다.

반 식경 정도 더 걸은 뒤 오 포졸이 어느 집 사립문 앞에 섰다. 말 그대로 부엌 한 칸, 방 두 칸의 초가삼간이었다.

"여기는 배오개 근처 칠방골이다. 어이, 막심이! 안에 있어?"

오 포졸이 조이에게 간단히 알려 주고는 집 안을 향해 소리쳤다. 곧 방문이 열리고 유모 정도 나이의 여인과 사내아이가 나왔다. 나머지 방에서도 젊은 여인이 하나 나왔다.

'헉, 저 여인은!'

조이는 순간 자기 눈을 의심했다. 방물장수로 왔던 다모였다.

조이가 어금니를 앙다물며 다모를 쏘아보았다. 볼이

분노로 파르르 떨렸다. 이를 보고 다모가 고개를 획 돌려 버렸다.

"이 애가 어제 말한 그 양반 출신이네. 막심이 자네가 데리고 있겠다고 했다며? 너는 크게 절이라도 해라. 좌포청에서 찬모로 일하는데 고맙게도 널 거둬 준다고 하는구나."

조이는 고개를 빳빳하게 쳐들고 버텼다. 원수한테 고개를 숙이다니 있을 수 없는 일이었다. 오 포졸이 어이없다는 표정으로 코웃음을 치고는 가 버렸다.

"양반 아가씨라면서요?"

사내아이가 빠진 앞니를 드러내며 물었다.

"아가씨는 무슨! 이제부터 우리처럼 관노비야."

막심이가 아이의 머리에 꿀밤을 쥐어박았다.

"씨, 여자 양반은 처음 본단 말이야."

사내아이가 머리를 감싸며 투덜거렸다.

"양반 아니래도! 아무튼, 너는 오늘부터 우리랑 함께 살게 됐단다. 딸아이는 분인데 좌포청에서 다모로 일하고 있고, 아들아이는 목이다."

"아들? 손자가 아니고?"

조이가 혼잣말처럼 중얼거렸다.

"뭔 소리야? 우리 딸은 혼인도 안 했는데! 겨우 열여
섯인데 여덟 살짜리 아들을 어떻게 낳아?"

막심이가 이맛살을 찌푸리며 말했다.

"스물다섯이라고 했는데……."

조이 말에 분이의 한쪽 눈썹이 샐쭉 올라갔다. 유모가
스물다섯 살이라 했을 때 분이가 움찔한 까닭을 알 것
같았다. 방물장수치고는 어리다 여겼지만, 스물도 채 안
됐을 줄이야.

"우리 누나, 다들 스물 넘게 봐요. 얼굴이 완전 아줌마
예요."

목이가 낄낄대며 웃었다. 분이는 목이한테 왕밤을 먹
이고는 쌩하니 방으로 들어갔다. 머리끝에 드리운 빨간
댕기가 달랑달랑 춤을 췄다.

"우리 딸이 좀 성숙해 뵈는 얼굴이라, 흠흠. 아무튼,
이제까지 어떻게 살아왔든 양반 아가씨 때 생활은 머리
에서 싹 지워 버려. 내가 너를 데려온 건 다 깊은 뜻이
있어서니까."

막심이의 깊은 뜻은 그날 저녁 바로 박살이 났다.

"바느질이 왜 이 모양이야? 삐뚤빼뚤 엉망이잖아. 곰
손인 분이보다 나을 게 하나 없네. 분이 네가 그랬잖아.
손끝이 야무져서 못하는 게 없다며?"

막심이가 으르렁대며 따졌다.

"저 애 유모가 그렇게 말했단 말이야. 나는 그 말을 철
석같이 믿었지."

분이가 앵돌아진 목소리로 대꾸했다. 조이는 막심이
가 억지로 쥐여 준 바느질감을 내려다보며 한숨을 내쉬
었다. 관비가 되어서도 바느질 지옥에서 허우적댈 줄은
몰랐다.

"아이고, 내 발등 내가 찍었지. 양반가 딸들은 시집가
기 전에 바느질만큼은 똑 부러지게 배운다고 하더니 다
거짓부렁이었네. 남편의 관복을 지어야 해서 바느질에
는 귀신이라고?"

조이는 막심이의 깊은 뜻이 무엇인지 비로소 알게 되
었다. 관노비는 일 년에 여섯 달만 관청에서 일하고 나
머지는 다른 일을 해서 먹고사는데, 막심이는 좌포청에
서 일하지 않을 때 삯바느질로 생활했다.

그런데 손이 느린 편이라 정말 입에 풀칠이나 하는 정

도였다. 분이라도 도와주면 나을 텐데 바느질을 싫어하는 데다 솜씨도 없었다. 그러다가 조이에 관해 듣고는 얼씨구나 하고 데려온 거였다.

막심이가 "내 팔자야." 하며 이마를 짚었다. 먹여야 할 입이 하나 더 늘었으니 당연했다. 그래서 조이만 보면 찬바람이 쌩쌩 불었다.

"흑흑."

조이는 울음소리가 새 나가지 않게 머리끝까지 이불을 끌어 올렸다. 어깨를 추썩거릴 때마다 이불도 같이 들썩였다.

'오라버니, 이건 오라버니 때문에 우는 게 아니니 약속을 어긴 게 아니에요. 오늘만 좀 울게요.'

"아이씨, 시끄러워서 잠을 잘 수가 없네."

분이가 자기 이불을 걷어차며 벌떡 일어났다.

"너 언제까지 울 거야? 벽이 얇아서 옆방에 다 들린단 말이야. 우리 엄마 귀에 들어가면 오늘 당장 쫓겨날 수도 있으니 작작 좀 해."

조이는 입안으로 주먹을 밀어 넣으며 참아 보았지만,

소용없었다. 아무리 생각해도 기가 막혔다. 잘 버티고 견디겠다고 다짐하고 또 다짐했지만 지금 상황이 믿기지 않았다.

'아버지와 오라버니가 귀양을 가고, 내가 관비가 된 것만도 서러운데, 원수의 집에서 구박까지 받고 있는 신세라니!'

분이가 염탐을 오지만 않았어도 이렇게 되지는 않았을 것이다. 윤 도령 말대로 언젠가는 벌어질 일이었다 해도 분이가 원망스러운 것은 어쩔 수 없었다.

"너만 아니었으면……."

조이가 이불 속에서 작게 원망을 웅얼거렸다.

"나만 아니면 뭐? 지금 내 탓을 하는 거야?"

용케 그걸 알아듣고는 분이가 따지듯 이불을 잡아당겼다. 조이는 헉하고 놀라 이불이 젖혀지지 않게 있는 힘껏 움켜쥐었다.

"나는 주어진 일을 했을 뿐이야. 너희 집안에 따로 나쁜 마음이 있어서 한 일이 아니라고. 그러니까 내 탓 하지 마."

분이는 이불을 가지고 실랑이하는 대신 도로 누워 버

렸다. 내지른 말과 달리 조이네 일을 줄곧 신경 써 온 듯했다.

조이는 피가 나도록 입술을 깨물었다. 분이의 사정 따위 알고 싶지 않았다.

'지금은 그냥 자자. 맑은 정신으로 다시 생각하자.'

스스로 다독이며 눈을 질끈 감았다. 의금부로 끌려간 뒤 제대로 눈을 붙인 적이 없었다. 냉기가 폴폴 올라오는 맨바닥일망정 이불까지 덮고 누운 건 오랜만이었다. 자꾸만 밀려오는 생각을 애써 떨치며 조이는 머리를 비웠다.

휘휘.

이마에서 따스한 숨결이 느껴졌다. 옆구리도 뜨끈뜨끈했다. 조이는 자박자박 품으로 파고들었다.

"유모?"

게슴츠레 눈을 뜨고 눈동자를 올렸다. 그런데 둥글둥글 주름진 턱이 아니라 날씬한 턱이 보였다. 조이는 화들짝 놀라 품에서 빠져나왔다. 분이가 새근덕새근덕 달게 자고 있었다. 잠결에 유모인 줄 알고 끌어안았던 사람이 분이일 줄이야.

조이는 분이 얼굴을 물끄러미 쳐다보았다. 분이 탓이
아니라는 걸 조이도 머리로는 알고 있었다. 그러나 가
슴으로는 아직 받아들여지지 않았다. 미워해야 할 사람
이 있어야 버티는 데 힘이 될 것 같았다.

숙설간의 천덕꾸러기

6

"빨리 안 오고 뭐 해?"

막심이가 조이를 채근했다. 조이는 얼굴에 잠을 덕지
덕지 붙이고 털레털레 뒤를 따랐다.

막심이는 조이를 달고 날마다 좌포청 숙설간으로 출
근했다. 허드렛일을 도우라는 거였지만 숙설간에서 끼
니를 때우게 하려는 속셈이었다.

"찬모들이 시키기 전에 알아서 빠릿빠릿하게 움직여.
제 귀여움은 제가 받는 거니까."

조이는 힘없이 고개를 끄덕였다.

파자교가 보이자 조이의 발걸음이 느려졌다. 느릿느

릿 다리를 건넜지만 결국 좌포청에 닿았다. 또 다른 하루가 밝았다.

"앗, 뜨거워."

국밥 그릇을 건네받기가 무섭게 놓치고 말았다.

픽! 둔탁한 소리를 내며 뚝배기가 바닥에 엎어졌다. 거짓말처럼 반으로 쫙 쪼개진 틈으로 국물이 줄줄 새어 나왔다. 곧 덕실네의 악다구니가 쏟아졌다.

"그걸 못 잡고 사고를 쳐? 너처럼 쓸모없는 애는 처음 본다."

"그러게 물 길어 오는 거나 시키라니까 왜 뜨거운 국밥 그릇을 쥐여 줘?"

막심이가 조이를 감쌌다.

"바쁘니까 그렇지. 그렇다고 저게 물이나 제대로 길어 와? 절반은 오는 길에 죄다 흘리는걸."

조이는 축축한 치마와 버선을 내려다보았다. 흠뻑 젖어 꿉꿉했지만, 갈아입을 새도 다른 옷도 없었다.

식충이 소리가 듣기 싫어 매일 따라나서기는 했지만, 눈칫밥 먹기는 숙설간에서도 마찬가지였다. 바느질만큼이나 부엌일에 서툴러서였다.

'이럴 줄 알았으면 유모가 가르쳐 줄 때 열심히 배워 둘걸.'

유모는 싫다는 조이를 억지로 부엌으로 끌고 가 미주알고주알 떠들곤 했다.

"아가씨, 명문가 며느리는 술을 맛있게 빚는 건 기본이요, 김치도 열두 가지 종류는 척척 담글 줄 알아야 합니다. '손맛'이 얼마나 중요하냐면……."

유모의 설명이 길어질라치면 조이는 속으로 『논어』를 외우거나 시를 지었다. 그 덕에 조이는 책 읽는 것 말고는 별다른 재주가 없었다.

"키만 멀대같이 커서는, 쯧쯧. 너는 천생 다모밖에 할 게 없겠다."

"뭐? 다모는 아무나 하는 줄 알아? 덕실이는 시켜 줘도 못할걸. 우리 분이처럼 머리를 잘 쓸 줄 알아야 도적을 잡지!"

막심이가 눈에 불을 켜고 따지는데도 덕실네는 콧방귀만 뀌었다.

"머리는 개뿔. 술 잘 마시고 힘이 장사라 뽑힌 건 세상이 다 아는데 허풍은."

"그건 쉬운 줄 알아? 당당히 시험 봐서 뽑힌 거야, 왜 이래!"

"알았네, 알았어. 자네 말이 맞아. 분이가 어려서부터 똑똑하긴 했어."

덕실네가 손사래를 치자 막심이가 눈짓으로 조이를 가리켰다.

"너무 구박하지 마. 저 애 오라비가 역적에서 풀려나면 다시 양반으로 돌아갈 수도 있으니까. 나중에 후회하지 말고."

"체, 후회는 개뿔!"

말은 그리했지만 조이를 대하는 덕실네의 태도가 조금은 누그러졌다. 좌포청에서 조이를 힘들게 하는 사람은 따로 있었다.

나물 담은 광주리를 들고 너른 앞마당을 지날 때였다. 조이 눈에 커다란 종이가 한 장 떨어져 있는 게 보였다. 궁금해서 냉큼 주워 드니 조정의 소식을 알리기 위해 매일 아침 배포되는 조보였다.

"날짜가 계묘일인 걸 보니 어제 나온 조보네. 어떤 소식이 실려 있으려나? '임인일에 도적 떼가 백운동에 있는 영의정의 별장을 습격했다. 도적들은 재물을 훔치고 달아나면서 현장에 검은 말…….' 아야!"

누군가 뒤통수를 후려쳤다. 고개를 돌리니 오 포졸이었다. 조이는 '또야.' 싶어 속으로 한숨을 내쉬었다.

"관비 주제에 조보를 읽어서 뭐 하려고? 네 오라비처럼 역모라도 꾸미게?"

오 포졸의 볼이 심술로 불뚝 차올랐다. 조이는 입술을 꾹 다물었다. 섣불리 대답하면 일만 커진다.

"왜 말이 없어? 내가 까막눈이라 우습다 이거야?"

괜한 트집이었다. 상민 중에는 한문을 읽을 줄 아는 이가 드물었다. 게다가 오 포졸이 까막눈인 줄은 처음 알았다.

"이게!" 하며 오 포졸이 손 올리는 걸 보고 조이는 눈을 질끈 감았다. 그런데 기다리던 손바닥이 날아오지 않았다. 살며시 실눈을 뜨니 분이가 오 포졸의 손목을 잡고 있었다.

"어른이 되게 할 일 없네. 어린애나 괴롭히고 있는 걸 보면."

분이가 이죽이죽 빈정거렸다.

"뭐라고? 이게!"

오 포졸의 얼굴이 붉으락푸르락 달아올랐다. 조이는 보기만 해도 무서운데, 분이는 끄떡도 하지 않았다.

"왜 이번에는 나를 때리려고? 자신 있으면 어디 때려 보든가."

분이가 약을 올리자 오 포졸이 솥뚜껑 같은 손을 휘둘렀다. 그런데 오히려 오 포졸의 손목이 뒤로 꺾였다. 덕실네가 말한 대로 분이는 힘이 장사였다.

"악! 이거 안 놔?"

"놓을 테니 가던 길이나 얌전히 가셔. 다시 한번 이 앨 괴롭히는 게 보이면 아예 팔을 못 쓰게 꺾어 버릴 테니."

분이가 으름장을 놓자 오 포졸은 얼굴을 일그러뜨린 채 눈동자만 까딱했다. 조이는 오 포졸이 골난 멧돼지처럼 씩씩거리며 사라지는 걸 보고 입이 떡 벌어졌다.

"파리 들어가겠다. 하던 일이나 해."

분이가 툭 내뱉고는 다모간 쪽으로 걸어갔다. 조이는 분이의 뒷모습을 물끄러미 쳐다보았다. 자기보다 덩치가 큰 사내를 한 번에 휘어잡다니, 보고도 믿기지 않았다. 그러다 퍼뜩 분이가 오 포졸로부터 자신을 도와주었다는 사실을 깨달았다.

조이와 분이는 한집에서 서로 모르는 사이처럼 데면데면하게 지냈다. 조이가 먼저 다가가지도 않았지만, 분이가 말을 거는 일도 없었다. 날마다 한방에서 잠을 자면서도 변하지 않았다. 하지만 오늘 밤은 달랐다.

"저기, 아까 낮에……."

이불 위로 얼굴을 빼꼼 내밀고 조이가 머뭇머뭇 말을 꺼냈다. 그런데 말을 마치기도 전에 분이가 먼저 치고 들어왔다.

"오 포졸 일은 그러려니 해. 높은 양반한테 이유 없이 얻어터진 뒤로 양반을 미워하거든. 양반한테는 함부로 대들 수 없으니 너한테 화풀이하는 거야."

"나는 이제 양반도 아닌데 왜……."

"오 포졸이 지질해서 그래. 자기보다 힘없는 사람을 괴롭히면서 제가 잘난 줄 아는 거지. 그런데 세상에는 오 포졸처럼 못난 사내가 너무 많거든. 그래서 다모 일이 힘들 때가 많아."

분이가 씁쓸하게 말했다. '다모'란 말에 조이는 원래 하려던 말이 생각났다.

"저기, 다모가 되려면 어떻게 해야 해? 시험을 봐야 하는 거야?"

쭈뼛쭈뼛하면서 조이는 궁금한 걸 겨우 물었다.

"너, 혹시 다모가 되려고?"

분이가 갑자기 조이 쪽으로 휙 돌아누웠다. 조이는 당황해서 안절부절못했다. 어둠 속에서도 분이의 생생한 눈빛이 얼굴에 느껴졌다. 이렇게 친근하게 이야기를 나누고 있는 게 무척 어색했다.

"그게, 다들 내 키만 보면 천생 다모 하려고 태어났다고 말하잖아. 처음에는 무척 기분이 나빴는데 자꾸 듣다 보니 다모에 대해 궁금해지고 그러다 점점 멋지……아무튼 빨리 방법이나 알려 줘."

말을 마치자마자 조이는 후다닥 이불을 머리끝까지 끌어 올렸다. 목덜미까지 새빨개졌을 게 분명했다. 어차피 얼굴색 따위 보이지도 않을 테지만, 부끄러워 미칠 것 같았다.

킥킥. 이불 밖에서 분이의 웃음소리가 들려왔다. 조이는 입술을 삐죽 내밀며 애써 모른 척했다. 산 하나를 넘은 기분이었다.

다모가 되는 법

7

어둠 속에서 그림자가 움직였다. 살금살금 문으로 다가가더니 문틈으로 안을 들여다보았다. 달빛이 비집고 들어가지 못해서인지 칠흑같이 깜깜했다. 조이는 침을 꼴깍 삼키고는 조심스레 문고리를 잡아당겼다.

끼익.

문이 열리며 작은 비명을 질렀다. 조이는 깜짝 놀라 주위를 둘러보았다. 아무 소리도 들려오지 않았다. 가슴을 쓸어내리고 숨을 죽여 안으로 한 발씩 걸음을 옮겼다. 잠시 어둠에 눈이 익기를 기다린 뒤 목적한 곳으로 다가갔다. 원하는 게 보였다. 조이는 소리 없이 배시시

웃었다.

분이가 알려 준 다모가 되는 법은 생각보다 간단했다. 키가 오 척이 넘어야 하고, 쌀 닷 말은 거뜬히 들어 올려야 하며, 막걸리 세 사발쯤은 숨도 쉬지 않고 단숨에 들이켜야 한다고 했다.

'키는 따로 노력 안 해도 오 척까지는 클 것 같으니 됐고, 쌀 닷 말도 날마다 꾸준히 힘을 기르면 되는데, 막걸리가 문제네. 자꾸 마셔야 술이 는다는데 어쩌지?'

아무리 궁리해도 막걸리를 구할 방법이 떠오르지 않았다. 값을 치르고 사 오는 수밖에는 없었다. 돈은 당연히 없었다. 이럴 줄 알았으면 잡혀 올 때 패물이라도 몰래 숨겨 놓을걸.

그런데 하늘이 도왔는지 막심이가 주막에서 술을 받아 왔다. 제사에 쓰기 위해서였다. 원래는 맑은 술을 써야 하지만 돌아가신 분이 아버지가 좋아했던 막걸리로 사 온 거였다.

초라한 제사상을 물리고 나자 조이는 한밤중에 아무도 모르게 부엌으로 숨어들었다. 이제 저지르기만 하면 되는 것이다.

꿀꺽꿀꺽.

막걸리가 목구멍으로 잘도 넘어갔다. 조이는 전부 들이켜고는 소매로 입술을 쓱 닦았다. 꺽 소리가 절로 나왔다. 그리고 그 자리에 그대로 엎어졌다.

"일어나! 빨리 안 일어나!"

누군가 우악스럽게 뺨을 때려 댔다. 조이는 힘겹게 눈꺼풀을 들어 올렸다. 막심이가 도깨비 같은 얼굴로 노려보고 있었다.

조이는 무슨 일인지 싶어 머리를 굴리다 이마를 찡그렸다. 머리가 띵하고 속이 토할 듯 울렁거렸다. 그래서 정말 누운 채로 얼굴을 돌려 꾸역꾸역 토하고 말았다.

"아이고, 내가 미쳐. 살다 살다 별꼴을 다 보네."

"피, 별꼴은 무슨. 처음 보는 것도 아니면서. 나도 예전에 저랬잖아."

막심이가 불평하는 동안 분이가 조이를 일으켜 앉혔다. 부뚜막에 있던 행주로 입가도 닦아 주었다. 조이는 머리가 깨질 것처럼 아파서 하는 대로 가만히 있었다.

"아이고, 이걸 홀라당 다 마셨네."

막심이가 술병을 거꾸로 들고 탈탈 털었지만, 고작 몇

방울 떨어진 게 다였다.

"오늘은 그냥 집에 있어. 데려가면 사고만 칠 게 뻔하니까."

막심이가 짜증스럽게 내뱉고는 분이를 끌고 가 버렸다. 조이는 달랑거리는 분이의 댕기를 보면서 분이가 웃고 있다고 확신했다.

'그나저나 내가 왜 여기 있지?'

삐걱대는 고개를 억지로 돌리니 주변 풍경이 새삼 눈에 들어왔다.

'부엌 바닥에서 잤다니! 유모가 이걸 보면 뒤로 넘어갈 거야. 아니, 보고도 안 믿을걸. 아우, 속 아파. 이런 걸 왜 마시는 거지?'

조이는 손바닥으로 얼굴을 쓸어내렸다.

처음 마신 술은 술술 넘어갈 때와는 달리 뒤가 최악이었다. 깨질 것 같은 머리, 치미는 구토, 막심이의 욕바가지라는 액운이 줄줄이 기다리고 있었다.

조이는 대충 몸을 추스르고 좌포청으로 향했다. 목이가 같이 놀자고 매달렸지만, 모른 척 뿌리쳤다. 한 덩이뿐인 목이의 밥을 나눠 달라기에는 염치가 없었다. 막심이와 분이, 조이는 숙설간에서 끼니를 해결했기에 집에는 목이 몫밖에 없었다. 좌포청에 가야 뭐라도 입에 넣을 수 있었다.

파자교를 건너는데 아이들의 노랫소리가 들려왔다. 뒤돌아보니 한 무리의 아이들이 큰 목소리로 노래를 부르며 지나갔다.

선비의 관이 삐뚤어지니 귀신이 옷을 벗었네.
엘화 에야 에헤야. 달려라, 닮아라.
엘화 에야 에헤야. 서 있네, 밭이.
엘화 에야 에헤야.

처음 들어 보는 노래였다. 노랫말이 이상해서 조이는 피식 웃음이 나왔다.

"나오지 말라니까 왜 왔어?"

얼굴이 허옇게 뜬 조이를 보고 막심이가 타박했다. 조이가 우물쭈물 주저하자 막심이가 행주를 쥐여 주었다.

"식당에 가서 상이나 닦아. 오늘은 우포청 나리들까지 들이닥치는 바람에 그러잖아도 손이 모자라."

조이는 씩 웃고는 식당으로 가서 상을 닦고, 수저를 놓았다. 곧 막심이와 덕실네가 소반에 밥과 반찬을 날라 왔다. 조이는 눈치껏 몸을 움직였다.

포도군사들이 한차례 식당을 휩쓸고 간 뒤에도 좌포청과 우포청의 종사관, 포교 몇은 자리를 뜨지 않고 남아 있었다. 모두 하나같이 심각한 표정이었다.

조이는 그릇을 치우면서 귀를 열어 두었다. 하나라도 더 알아 두면 다모가 되는 데 도움이 될 것 같아서였다.

"이달 말까지 도적들을 잡아내라니 큰일일세."

좌포청 종사관이 얼굴을 벅벅 문지르며 말했다.

"하필이면 놈들이 영의정댁 별장을 털어서 이 고생을 하게 만드는구먼. 보름이 지나도록 단서 하나 없으니……."

우포청 종사관이 불평을 늘어놓았다. 조이는 '영의정'이라는 말에 얼마 전에 읽은 조보가 생각났다. 백운동에 있는 영의정의 별장에 도적이 들었다는 내용이었다.

"도적이 일곱이라 했지? 성균관 벽서 사건 이후 젊은이 셋은커녕 둘만 한자리에 모여도 바로 신고가 들어오는 판에 어떻게 일곱이나 모여 도적 모의를 할 수 있었을까?"

　성균관 벽서 사건이란 말에 조이는 흠칫했다. 귀양 간 오라비가 머릿속에 스쳤다. 아버지도 떠올랐다. 친척들이 등을 돌린 터라 집안에서는 귀양 뒷바라지를 해 줄 사람이 없었다. 다행히 윤 도령이 살피고는 있다지만, 밥을 굶고 있는 건 아닌지 걱정되었다.

　'이런 생각 안 하기로 했는데 또.'

　아버지와 오라비가 떠오를라치면 조이는 부리나케 마음의 보따리에 욱여넣고 꽁꽁 싸맸다. 식구들 걱정에 빠지기 시작하면 아무것도 할 수 없어서였다. 원래부터 관비였던 것처럼 지금은 앞만 보기로 했다. 잡초처럼 살아남기 위해서.

　조이가 아버지와 오라비 생각을 털어 내려 애쓰는 동안에도 도적단에 관한 이야기는 계속되었다.

　"영의정댁 노비들 말로는 활과 검을 잘 쓴다고 하던데, 혹시 한양 뒷골목 왈짜들이 아닐까?"

　"왈짜는 아닙니다. 그쪽에 정보원이 있는데 절대 아니라고 장담했습니다. 그리고 왈짜라면 훔친 물건을 백성들한테 나눠 줄 리가 없지요."

잠자코 듣고 있던 포교 하나가 나섰다.

"영의정댁에서 나온 물건이 확실해?"

"효경교 아래 거지 움막에서 찾아낸 금거북이 그 댁 물건이랍니다."

우포청 종사관의 물음에 포교가 대답했다.

"백성들이 벌써 검은 말 도적단이라 부르며 의적처럼 떠받들고 있는데 큰일이야."

"검은 말 도적단?"

"현장에 남기고 간 검은 말 그림 때문에 그렇게 부른다네. 그런데 왜 검은 말 그림을 남겼을까?"

좌포청 종사관이 품에서 종이를 꺼내 상 위에 펼쳐 놓았다.

조이는 궁금해서 목을 쭉 뺐다. 하지만 머리에 쓴 전립들에 가려 보이지 않았다. 동동거리며 까치발을 하는데 누군가 댕기 머리를 잡아당겼다. 고개가 젖혀지는 바람에 거꾸로 쳐다보니 역시 오 포졸이었다.

"쥐새끼처럼 뭘 엿듣는 거야?"

오 포졸이 소리 없이 입 모양으로만 말했다.

조이가 신경질적으로 손을 쳐 냈다. 약한 사람만 괴롭

히는 지질한 사내 따위 무섭지 않았다.

오 포졸의 눈이 등잔만큼 커졌다. 벼락이라도 맞은 표정이었다. 조이는 오 포졸이 놀라서 굳어 있는 사이 냅다 숙설간으로 달아났다.

'난 꼭 살아남을 거야.'

속으로 외치며 다시 한번 마음을 다졌다.

조이를 찾아온 윤 도령

8

"누나, 일어나."

목이가 조이를 흔들어 댔다. 조이는 잠에 취해 부스스 몸을 일으켰다.

"목아, 오늘은 좌포청에 안 가도 돼. 더 자도 된다고."

다시 이불을 끌어 덮고 누웠다.

막심이는 오늘부터 한 달간 좌포청 일을 쉰다. 한양에 사는 관노비는 일 년에 절반만 소속 관청에서 일하면 되기 때문에 한 달씩 번갈아 가며 출근했다. 조이도 덩달아 쉬게 되었다.

하지만 다모인 분이에게는 해당하지 않았다. 도적단

때문이었다. 한양이 온통 검은 말 도적단 때문에 들썩이고 있었다.

"누나, 아주 멋진 선비님이 누나를 찾아왔어."

"누가 왔다고?"

조이가 이불을 박차고 일어났다. 조이를 찾아올 멋진 선비님은 한 명밖에 없었다.

"목아, 내 얼굴 어떠니? 머리도 엉망일 텐데 이 집에는 거울이 없으니, 어휴. 네 엄마는 어디 있어?"

조이는 머리를 부여잡고 몸부림쳤다.

"엄마는 바느질감 받으러 나가고 없어. 근데 누나, 밖에 있는 선비님 기다린 지 한참 됐는데……."

"뭐?"

조이는 손가락에 침을 발라 눈곱만 떼고는 대강 머리를 쓸어내렸다. 그리고 가슴에 큰 숨을 채워 넣고는 방문을 열었다.

'내가 못난인 건 이미 알고 있는데, 뭘.'

그러나 이런 생각은 윤 도령을 보는 순간 봄눈처럼 흔적도 없이 녹아 버렸다. 얼굴이 못나고 잘나고는 문제가 아니었다.

비단 도포에 갓을 쓴 윤 도령의 모습은 얼룩 하나 없이 말끔했다. 조이는 흰색 저고리에 빛바랜 다홍치마를 입고 있었는데, 폭이 좁은 치마는 속바지가 보일 정도로 깡총했다. 조이는 초라한 모습이 창피해서 울고 싶어졌다.

그래도 용기를 끌어모아 짚신에 발을 꿰는 순간 쓴웃음이 났다.

'나, 참 멍청하다.'

한여름에도 버선을 신던 때가 있었다. 그러나 지금은 맨발이다. 양반 조이는 없고, 관비 조이만 있다.

'홍조이, 정신 차려. 앞으로도 나는 이런 모습일 거야. 내가 나를 창피해한다면 누가 나를 존중해 주겠어?'

마음을 고쳐먹으니 표정이 달라졌다. 조이는 턱을 당당하게 들고 윤 도령을 맞았다.

"오랜만이에요. 그동안 평안하셨어요?"

"네, 덕분에 저는 잘 지냈습니다. 아가씨도 잘 지내고 계시는 것 같군요."

윤 도령이 해사하게 웃었다.

"제가 여기 있는 건 어떻게 아셨어요?"

"솔직히 고백하면 의금부를 나온 뒤부터 아가씨의 일을 다 알고 있었습니다. 좀 더 일찍 찾아오고 싶은 걸 참았지요. 아가씨가 이 생활을 받아들이고 익숙해지는 데 방해가 될 것 같아서요. 지금 보니 마음이 놓입니다. 씩씩하게 잘 버티고 계시는군요."

윤 도령의 목소리에서 안도감이 묻어났다. 조이를 대견해하는 것도 같았다.

조이는 괜스레 쑥스러워서 속눈썹을 내리깔았다. 터진 짚신 사이로 엄지발가락이 비집고 나온 게 보였다. 발가락을 꼬물꼬물 움직여 보았다. 이상하게도 하나도 창피하지 않았다.

"전할 소식이 있답니다. 아가씨의 유모가 혜민서에 있습니다. 혜민서 관비로 내려졌거든요."

조이는 유모 소식에 가슴이 먹먹해졌다. 가끔 생각이 나긴 했지만 찾아볼 엄두조차 못 내고 있었다. 조이는 조만간 혜민서로 유모를 보러 가겠다며 윤 도령을 배웅했다.

먹물에 붓을 흠뻑 담갔다. 오랜만에 맡아 보는 먹 냄

새에 가슴이 설렜다. 조이는 자기도 모르게 혀를 빼물고 이름을 써 나갔다. 종이에 살포시 내려앉은 붓이 미끄러지듯 움직였다.

召史

"조 자, 이 자야?"

목이가 한 글자 한 글자 짚으며 물었다.

"아니. 소 자, 사 자야. 하지만 읽을 때는 '소사'가 아니라 '조이'라고 읽어. 내 이름은 한자 말이 아니라서 읽는 것과 쓰는 게 다르거든."

"그럴 수도 있는 거야?"

이해가 되지 않는다는 듯 목이가 고개를 갸웃거렸다.

"나도 잘은 모르지만 조이라는 말이 원래는 '조시'였다가 세월이 흐르면서 조이로 변한 거래. '조시'를 글로 쓸 때 발음이 비슷한 한자를 빌려서 적은 게 '소사'였던 거야. 언문이 만들어지기 전이라 한자를 빌려서 우리말을 소리 나는 대로 썼거든."

조이는 나름으로 열심히 설명했지만 목이가 제대로 이해한 것 같지는 않았다. 이 자리에 모인 다른 이들도 별반 달라 보이지 않았다.

조이는 다모들에게 한자를 가르쳤다. 쭈뼛대며 먼저 말을 꺼낸 건 분이였다. 언문만 알아서는 사건을 조사하는 데 한계가 있다고 했다. 그러면서 귀한 종이까지 잔뜩 구해 왔다. 도화서에서 나온 파지라고는 해도 얻어 오는 게 쉽지 않았을 게 뻔했다.

조이는 기꺼운 마음으로 받아들였다. 글공부에는 좌포청 다모인 사월이도 함께했다. 목이도 꼼사리로 붙었다. 의욕은 목이가 셋 중 으뜸이었다.

"그럼 내 이름은 어떻게 써?"

"나무를 뜻하는 '목'이니?"

"맞아. 엄마가 밭에서 일하다 나무 아래서 나를 낳았대. 그래서 포교 나리가 그렇게 지어 줬대."

조이는 종이에 차분히 목이의 이름을 썼다.

木

"이게 '나무 목'이라는 한자야. 네 이름이지. 자, 이번에는 분이 언니 차례. '분'에는 어떤 뜻이 담겨 있어?"

조이의 물음에 목이가 분이 눈치를 힐끔 살폈다. 곧 분이의 얼굴이 불을 삼킨 것처럼 빨개졌다. 분이가 머뭇거리자 사월이가 키득거리며 나불나불 말했다.

"얘네 엄마가 뒷간에서 낳아서 붙은 이름이래. 똥을 누려고 힘을 팍 주는 순간 분이가 순풍 나왔다는 거야. 그래서 '똥 분' 자를 써서 분이라 이름 지었대."

조이는 속으로 깜짝 놀랐다. 예쁜 이름이라 생각해 왔던 터였다. 분이라 이름 부를 때마다 머릿속에서 꽃향기가 함께 따라왔다. 조이는 빙그레 미소 짓고는 붓을 놀렸다.

"똥 분 자야?"

목이가 재빨리 물었다. 조이는 고개를 저었다.

"아니, '향기로울 분'이야. 이제부터 분이 언니는 똥

분이 아닌 향기로울 분을 쓰는 이름이야."

조이 말에 분이의 눈에 눈물이 그득 차올랐다. 분이가
이름이 적힌 종이를 집어 들고 중얼거렸다.

"향기로울 분……."

기분이 좋아진 조이는 사월이의 이름도 썼다. 사월에
태어나서 '四月(사월)'이었다. 그리고 망설이다 두 글자
를 종이에 써 보았다.

瑪瑙

"이건 무슨 글자야? 너무 어려워 보여."

목이가 코를 찡그렸다.

"마노……. 꾸미개를 만들 때 쓰는 붉은색 나는 귀한
돌이야."

조이의 광대뼈 위가 발그레해지는 걸 보고 목이가 고
개를 갸우뚱했다.

"누나는 조이라는 이름보다 마노가 좋아? 귀한 돌이
라 이름으로 쓰면 좋은 건가? 그럼 누나도 이름 바꿔.

내가 앞으로 마노 누나라고 부를게.”

“아니야. 나중에 진짜 다모가 되면 모를까 지금은 그냥 조이야.”

조이가 손을 내저으며 말렸다. 그러나 한편으로는 꽤 괜찮은 생각이라 여겨졌다.

“피, 그냥 마노 하면 되지. 이상해.”

목이가 입술을 삐죽거렸다. 조이는 후후 웃으며 목이의 머리를 쓰다듬었다.

꿈이 있는 건 좋은 거다. 꿈이 늘어 갈수록 살아남을 이유와 용기도 늘어 간다. 꿈은 희망의 다른 말이었다.

개망나니 김 도령

9

"아이고, 아가씨! 이 모습이 웬일이래요?"

유모가 가슴을 쥐어뜯으며 바닥에 주저앉았다.

"유모야말로 왜 이렇게 말랐어?"

조이는 유모를 일으켜 세우려고 쩔쩔맸다. 혜민서 마당을 메운 환자들이 두 사람을 쳐다보고 있어서였다.

"아이고, 마님이 이 꼴을 안 보고 돌아가셨기에 망정이지, 엉엉."

유모는 서럽게 울며 꼼짝도 하지 않았다. 조이가 한숨을 내쉬고는 옆에 쪼그리고 앉았다. 어머니 생각에 가슴이 울컥했지만, 마음을 다졌다.

"생각만큼 고생이 심한 건 아니야. 음식이며 옷이며 다 예전만 못하지만, 지금이라서 좋은 점도 있거든."

"아이고, 좋을 게 뭐가 있어요? 귀양 가신 대감마님과 도련님이 빨리 돌아오셔야 우리 아가씨가 좋은 데로 시집갈 텐데……."

유모 말에 조이의 얼굴이 확 구겨졌다. 윤 도령이 아닌 다른 사내한테 시집가야 한다면 양반 따위 되고 싶지 않았다.

"유모, 그만 울고 내 말 좀 들어 봐. 나는 정말 잘 지내고 있어. 같이 사는 사람들도 좋은 사람들이야. 나를 얼마나 챙기는데."

"아이고, 마음 씀씀이가 이리 비단결인데 우리 아가씨 불쌍해서 어떡하나?"

조이가 피식 웃었다. 남의 말을 귓등으로 흘려듣는 건 유모나 조이나 비슷했다.

조이는 윤 도령을 만날까 싶어 잠시 안을 기웃거리다 그만두었다. 수업에 방해되고 싶지 않았다. 유모한테 다시 찾아오겠다고 약속하고 조이는 혜민서를 나섰다.

먹구름이 몰려와서 하늘을 덮고 있었다. 칠방골로 가

는 빠른 길을 가늠하고 있는데 노랫소리가 들렸다. 아이들이 공기놀이하며 부르는 노래였다.

선비의 관이 삐뚤어지니 귀신이 옷을 벗었네.
엘화 에야 에헤야. 달려라, 닳아라.
엘화 에야 에헤야. 서 있네, 밭이.
엘화 에야 에헤야.

'한양 아이들 사이에서 유행하는 노랜가 보네. 다시 들어도 이상한 노랫말이야.'

조이는 잠시 발을 멈추고 아이들이 노는 모습을 지켜보았다. 어릴 때 오라비와 공기놀이하던 모습이 새록새록 떠올랐다.

조이의 오라비는 열 살이 되어 작은사랑으로 옮겨 가기 전까지 안채에서 함께 생활했다. 어머니가 아버지의 관복을 짓고 있으면 조이는 오라비와 공기를 가지고 놀곤 했다. 어머니는 상것처럼 논다고 나무라지 않고 흐뭇하게 미소 지었다.

'그땐 참 행복했는데……. 아니야. 역시 이런 추억도

꺼내 보는 건 위험해. 금방 슬퍼지잖아.'

조이는 머리를 흔들며 과거의 기억을 털어 냈다.

그때 거친 콧김을 뿜으며 이리로 달려오는 노새가 보였다. 조이와 아이들의 눈이 튀어나올 듯 커졌다. 아이들은 도망칠 엄두도 못 내고 그대로 얼어 버렸다.

조이는 재빨리 바닥에 떨어져 있는 막대기를 주워 들었다. 그러고는 아이들 앞을 막아서며 허공에 대고 막대기를 마구 휘둘렀다.

히이잉!

노새가 코앞에 와서야 급한 걸음을 멈췄다. 그 바람에 노새에 타고 있던 사내가 땅바닥으로 굴러떨어지고 말았다.

"아야야, 내 엉덩이. 너 이년, 감히 내 앞을 가로막아?"

사내가 이를 빠드득 갈며 일어섰다. 그런데 왠지 낯이 익었다.

'헉, 김 판관댁 도령!'

조이와 혼담이 오가던 김득지였다. 조금 전까지 여드름을 짜다 나왔는지 벌겋게 약이 오른 여드름 산으로 이마가 불긋불긋했다. 여드름 산꼭대기마다 영글다 만노란 고름이 비죽배죽 고개를 내밀었다.

김득지도 조이를 단박에 알아보았다. 조이를 죽 훑어
보는 김득지의 입술이 심술궂게 뒤틀렸다.

"호, 이게 누구야? 집안 말아먹은 홍 판서댁 딸 아니
야? 아니지, 이제는 하찮은 좌포청 관비인가? 못생겨도 아
버지가 판서니 참고 살아 주려 했는데 하마터면 큰일
날 뻔했지 뭐야."

조이는 이를 악물고 끓어오르는 화를 내리눌렀다.

"관비가 된 충격으로 말도 못 하게 된 거야? 그럴 바
엔 차라리 목을 맬 것이지. 천것들처럼 부끄러움이 뭔
지도 모르고, 쯧쯧. 하긴 그러니 얼굴을 들고 다니겠지."

김득지가 비아냥거리며 혀를 찼다. 발끈하려던 조이
는 온 힘을 다해 마음을 다독였다.

'홍조이, 침착해. 저런 못난 사내한테 화내 봤자 너만
이상해져.'

조이는 허리를 꼿꼿이 세우고 한쪽 입꼬리를 들어 올
렸다. 미소도 담뿍 띄웠다.

"내가 왜 목을 매야 하는데요? 처한 상황이 아플지언
정 부끄럽지는 않습니다. 부끄러워할 만큼 잘못한 일이

없으니까요. 오라비가 소인배하고는 어울리지 말라 했는데 까닭을 알 것 같네요."

그 말을 듣고 김득지의 얼굴이 왕창 일그러졌다. 이마에는 기분 나쁜 주름도 잔뜩 잡혔다.

"뭐라고? 주제도 모르고 감히 함부로 입을 놀려?"

김득지가 노새를 때리던 채찍을 번쩍 휘둘렀다.

딱!

갑자기 나타난 부채가 채찍을 가로막았다.

"길 한복판에서 여인을 괴롭히다니 같은 사내로서 부끄럽습니다."

윤 도령이었다.

"넌 또 뭐야? 어라, 이게 누구야? 반쪽짜리 양반 아니야? 관비와 서자의 조합이라니, 기막히게 어울리는 한 쌍이로군. 정말 끼리끼리 노는구나."

"지금 뭐라 했지?"

윤 도령이 싸늘하게 쏘아보자 김득지가 뜨끔해서 뒤로 물러났다. 조이는 윤 도령이 딴사람처럼 느껴졌다. 윤 도령이 쏟아 내는 냉기가 한겨울 칼바람보다도 차가워서였다.

'곱상하고 부드러운 줄만 알았는데, 저리 매서운 면도 있다니.'

"제길, 더러운 것들과는 한자리에 섞이지 않는 게 사대부의 도리라 이만 가는 것이다."

김득지는 굳이 변명을 늘어놓고는 꽁지가 빠지게 달아났다. 조이가 그 꼴을 보고 키득키득 웃으며 윤 도령에게로 고개를 돌렸다. 윤 도령의 얼굴에는 따뜻한 미소만 남아 있었다.

그때 하늘에서 굵은 소나기가 쏟아지기 시작했다.

"이런! 우선 저리로 가 비를 긋지요."

윤 도령이 조이 머리 위로 소매를 넓게 펼치고는 어느 집 처마 밑으로 이끌었다. 어색해진 조이가 제일 먼저 떠오른 말을 깊이 생각 않고 재잘거렸다.

"사람을 기분 나쁘게 하는 재주가 있어요. 김 도령 말이에요. 오래 신은 버선을 씹은 것처럼 웩 소리가 절로 난다니까요."

말이 입 밖으로 나오는 순간 아차 싶었지만, 죄다 쏟아 내고 말았다.

"하하하. 기가 막힌 비유네요. 정우, 그 친구한테도 들려주고 싶군요."

윤 도령이 고개를 젖히고 크게 웃음을 터뜨렸다. 조이까지 덩달아 시원해지는 웃음이었다. 조이는 책에서 읽은 말이 떠올라 자기도 모르게 읊조렸다.

"겨울이 되어 날씨가 추워진 뒤에야 소나무와 잣나무가 얼마나 푸른지 알게 되고, 사람도 큰일을 당했을 때 그 진가가 나타난다."

"『논어』군요."

"『논어』는 참 좋은 책이에요. 세상을 사는 지혜가 모두 담겨 있는 것 같아요. 요즘 다모들한테 글을 가르치고 있는데, 그 일이 참 즐겁답니다. 덕분에 제게도 꿈이 생겼고요."

조이가 손가락을 꼼지락거리며 말했다.

"어떤 꿈인지 여쭤도 될까요?"

조이가 막 대답하려는데 "마노 누나!" 하는 소리가 들렸다. 목이였다. 그새 비가 그치고 커다란 무지개가 하늘에 걸려 있었다. 목이가 숨을 헐떡이며 한달음에 달려왔다.

"마노 누나. 한참 찾았잖아, 헉헉."

"마노?"

윤 도령이 의아한 표정을 지었다.

조이는 그 순간 가슴이 뜨끔했다. 줄불놀이 날을 떠올릴 걸 생각하자 눈알이 팽글팽글 도는 것 같았다. 그래서 서둘러 작별 인사를 건네고는 목이와 함께 자리를 벗어났다.

"누나 얼굴이 홍시처럼 새빨개."

목이가 고개를 갸웃거리며 말했다. 조이는 가볍게 알밤을 먹이고는 휘적휘적 앞장섰다.

하늘을 올려다보는 조이의 눈이 반달처럼 휘었다. 빗물로 세수해서인지 하늘이 유난히 말끔했다.

노새가 아니라 버새?

10

"잡으라는 도적놈은 안 잡고 대낮부터 술을 퍼마셔?"

순식간에 날아온 발이 오 포졸의 배를 걷어찼다. 오 포졸의 몸이 반으로 접히더니 곧 뒤로 훌떡 날아갔다.

조이는 오 포졸이 맞는 모습을 씁쓸하게 지켜보았다. 못살게 굴던 오 포졸이지만, 쌤통이라는 생각은 들지 않았다. 분이가 한 말 때문이었다.

"영의정은 포도대장을 닦달하고, 포도대장은 그 아래 종사관과 포교들을 들볶고, 포교들은 또 포졸들과 다모들을 쥐 잡듯 하니 정말 죽겠어."

포졸이나 다모나 밤낮없이 검은 말 도적단 때문에 시

100

달리고 있었다.

게다가 어젯밤 검은 말 도적단이 또다시 나타났다. 운종가에서 비단전을 크게 하는 조씨 집을 턴 것이다. 그리고 이번에도 조씨 집에서 나온 재물이 가난한 백성들 집 마당에 뿌려졌다. 백성들은 기뻐서 춤을 추고, 포도청은 화가 나 펄펄 뛰었다.

조이는 오 포졸이 어기적어기적 일어나는 걸 보고 재빨리 포도청을 빠져나왔다. 눈에 띄면 화풀이할 게 뻔했다.

칠방골 집으로 돌아오니 윤 도령이 기다리고 있었다.

"유모가 환자한테 병이 옮았습니다. 병석에 누워서도 아가씨 걱정뿐이라 얼굴을 보여 주면 나을까 싶어 모시러 왔지요."

조이는 윤 도령을 따라 혜민서로 향했다. 유모가 걱정돼서인지, 옆에서 걷고 있는 사내 때문인지 가슴이 두근두근했다.

'둘 다겠지. 몸은 하나인데 두 마음이 서로 제가 먼저라며 겨루고 있어.'

그때 윤 도령이 조이의 눈앞에 무언가를 디밀었다. 마

노로 만든 뒤꽂이였다.

'마노 뒤꽂이를 왜? 전에 목이가 한 말을 마음에 담아 두신 건가? 어째서? 그 말이 도련님한테도 의미가 있어서라고 기대해도 될까?'

달콤한 상상이 자꾸만 부풀어 올랐다. 조이는 손끝까지 전해지는 찌릿찌릿한 느낌 때문에 주먹을 꼭 말아 쥐었다.

"운종가에 나갔다가 저도 모르게 사 버렸습니다. 제가 지니고 있으면 남들이 흉볼 게 뻔하니 아가씨께 드리지요."

윤 도령이 내민 뒤꽂이는 분이한테 샀던 것보다 훨씬 값나가 보였다. 조이는 열심히 손사래를 치며 뒤꽂이를 물렸다.

"아니에요. 저한테는 넘치는 물건이에요."

"아름다운 물건에 마음이 가는 건 당연한 이치입니다. 마찬가지로 아름답게 꾸미고 싶은 것 또한 남녀가 한마음이지요. 그렇지만 이 물건은 저보다 아가씨에게 어울릴 것 같군요."

조이는 슬그머니 손을 내밀었다. 조이의 자존심이 다

치지 않게 에둘러서 말하는 마음이 고마워서였다. 그리고 뒤꽂이를 건네는 윤 도령의 귓불이 마노보다 붉어진 탓도 있었다. 조이는 윤 도령의 속마음을 살짝 엿본 것 같아 마음이 달떴다.

혜민서로 가니 환자들 사이에 누워 있는 유모가 보였다. 유모는 조이를 보자 힘겹게 몸을 일으켰다.

"아가씨, 가까이 오시면 안 돼요. 옮으면 어쩌려고 그래요?"

"그냥 누워 있어. 도련님 말씀으로는 옮기는 단계는 지났대."

윤 도령이 둘만 있게 자리를 피해 주었다.

"아가씨를 보니 한결 살 것 같긴 하네요. 아가씨 얼굴이 갓 딴 여름 복숭아처럼 달콤해 보여서 그런가? 우리 아가씨, 이렇게 예쁜데 왜 못난이라 소문났을꼬."

"유모도 참, 농담하는 걸 보니 금세 털고 일어나겠어."

조이는 괜히 이불을 툭툭 내리쳤다. 그 바람에 소매 안에 넣어 두었던 뒤꽂이가 이불 위로 떨어졌다.

"마노 뒤꽂이네요. 혹시 서현 도련님이 주신 건가요? 어떤 사연이 있는지는 모르겠지만, 아가씨가 처음으로 관심을 가진 꾸미개가 있다고 말씀드린 적이 있지요."

"유모도 참, 왜 쓸데없는 말을 하고 그래?"

조이가 새침하게 대꾸하며 뒤꽂이를 챙겼다. 말은 그리했어도 가슴에서 수백 마리 나비가 팔락이는 것처럼 간질간질했다.

조이는 날듯 뛰듯 집으로 향했다. 주황빛 노을이 조이의 어깨 위로 살포시 깔렸다.

"어딜 빨빨거리다 오는 거야?"

효경교를 건너자 다른 길에서 오던 분이와 마주쳤다. 조이는 해죽 웃으며 분이와 팔짱을 꼈다.

"웬일로 일찍 오네. 염탐 나갔다 오는 거야?"

"검은 말 도적단이고 뭐고 오늘은 발 쭉 뻗고 일찍 자려고."

분이가 눈 그늘이 가득한 얼굴을 북북 문질렀다.

"글공부도 쉴 거야?"

"아니, 아무리 힘들어도 글공부는 해야지. 피곤하다고 쉬어 버릇하면 안 늘어."

"오, 기특한 생도인걸? 스승으로서 가르치는 보람이 있어."

"뭐야? 요게."

분이가 주먹 쥐는 시늉을 하자 조이는 잽싸게 팔짱을 풀고 집으로 달아났다. 뒤돌아보며 빨리 오라 손짓하는 것도 잊지 않았다.

"언니! 분이 언니, 졸지 마!"

조이가 크게 소리쳤다. 분이가 붓을 든 채 꾸벅 졸다가 부르르 눈을 떴다.

"깜빡 졸았나 보네. 발바닥에 불이 나게 돌아다녀서 그런지 정말 피곤해."

"언니, 오늘은 이만하자. 목이도 아까부터 자고 있고, 사월 언니는 아예 오지도 않았잖아."

조이는 옆에서 달게 자는 목이한테 눈길을 주었다.

"아니야. 사월이보다 많이 할 거야. 고것이 생각보다 머리가 좋단 말이지."

분이 말대로 사월이는 꽤 영리했다. 조이가 가르치는 족족 화선지에 물이 스미듯 빨아들였다. 분이는 이 때문에 자존심이 꽤 상한 눈치였다.

"잠 깨게 그림이나 그려 볼까?"

분이의 붓끝에서 엉성하기는 해도 검은 말 한 마리가 태어났다. 말을 다 그린 분이는 밑에다 발판까지 그려 넣었다.

"언니, 그거 혹시 검은 말 도적단이 두고 갔다는 그림이야?"

조이는 바짝 다가가 그림을 주의 깊게 보았다.

"너도 아는구나. 종사관 나리가 보여 준 걸 똑똑히 기억해 뒀지."

"왜 이런 그림을 현장에 남긴 걸까?"

"후유, 그러게 말이야. 이것 때문에 오히려 수사에 혼란만 준다니까. 도적단이 노린 게 어쩌면 그걸지도 모르겠어."

분이가 한숨을 내쉬며 푸념했다.

“그런 걸까?”

조이는 중얼거리며 그림을 뚫어지게 쳐다보았다. 그 때 목이가 부스스 일어났다. 잠이 덜 깬 얼굴로 배를 벅벅 긁으면서 툴툴거렸다.

“아유, 시끄러워. 안 잘 거야?”

“네 방 가서 자면 되잖아. 엄마 안 깨게 조심해.”

분이가 나무라자 목이의 입이 댓 발은 튀어나왔다.

“근데 누나, 왜 말 옆에 ‘클 거(巨)’ 자를 쓴 거야?”

그 순간 분이와 조이의 눈이 말이 딛고 있는 발판으로 모였다. 조이는 목이가 본 방향대로 말 그림을 돌려 보았다. 그러자 발판이 ‘巨(거)’ 자처럼 보였다.

“이거 설마 발판이 아니라 글자였나?”

분이가 놀란 듯 눈을 깜빡거렸다. 조이는 얼른 다른 종이에 '말 마(馬)' 자와 '클 거(巨)' 자를 나란히 쓴 뒤 그 옆에 다시 둘을 붙여서 써 보았다.

馬巨駏

"이런 글자가 있어?"

목이가 놀란 토끼 눈을 하고 물었다.

"'버새 거' 자야."

"버새면 수말과 암탕나귀 사이에서 태어난 튀기?"

분이가 목청을 높였다.

"언니, 그거 노새 아니야?"

"너는 글자는 잘만 알면서 그게 뭔지는 모른단 말이야? 노새는 암말과 수탕나귀 사이에서 태어나고, 버새는 수말과 암탕나귀 사이에서 태어난 거야."

"둘이 어떻게 다른데?"

목이가 끼어들었다.

"버새는 노새보다 몸집이 작고 힘도 약해."

분이 말에 조이가 무릎을 탁 쳤다. 어제 김득지가 타고 있던 노새가 떠올랐다. 길에서 보던 다른 노새들보다 유난히 몸집이 작았다.

"언니, 어쩌면 검은말 도적단이 버새와 관련 있을지도 몰라."

"듣고 보니 그럴듯하다. 이유도 없이 이런 그림을 남겼을 리 없잖아."

분이가 주먹을 불끈 쥐며 말했다. 눈에서 불이 활활 타오르고 있었다.

'피, 아까는 수사에 혼란을 주려고 놓고 갔을 거라더니. 근데 정말로 검은 말 도적단과 버새가 연결돼 있다면 김득지가 의적이라는 건데……. 하, 말도 안 돼. 의적은 무슨!'

조이는 고개를 세차게 저었다. 백 번을 죽었다 깨어나도 김득지는 의적이 될 수 없는 인물이었다.

버새의 진짜 의미

11

"유모, 혹시 김 판관댁 도령에 대해 들은 거 있어?"

조이가 내키지 않는 목소리로 물었다. 유모는 자리를
털고 일어나자마자 칠방골로 조이를 찾아왔다. 둘은 나
무 그늘에 앉아 두런두런 이야기를 나누었다.

"아가씨하고 혼담이 오갔던 도령 말인가요?"

"그 얘기는 하지도 마. 실제로 정혼한 거도 아니잖아.
그 사람하고 그런 식으로 엮이는 건 싫어."

조이에게 김득지는 짜내고 싶은 고름, 그 이상도 그
이하도 아니었다.

"그렇게 말씀하신다면야, 들은 바가 없지는 않지요.

우리 도련님은 처음 본 소과에 철썩 붙어 성균관에 들어갔잖아요? 그런데 그 도령은 보는 족족 떨어졌대요. 그게 다 공부는 안 하고 밖으로만 돌아서 그렇다네요."

조이가 김득지를 떠올리며 고개를 끄덕끄덕했다.

"그리고 무엇보다 마음보가 밴댕이 소갈딱지보다 작아서 저는 아가씨 짝으로는 한참 달린다고 생각했답니다. 대감마님은 많고 많은 양반가 도령 중에 하필이면 그런 도령과 짝지어 주려 했을까요?"

"그러게. 아버지한테 나는 있으나 마나 한 자식이었나 봐. 이름도 그렇고, 혼인도 그렇고……."

조이의 입가에 쓸쓸한 미소가 걸렸다.

"아이고, 그런 말씀 마세요. 제 자식 안 예쁜 부모가 있으려고요. 대감마님께서 따로 생각하신 바가 있었겠지요."

"글쎄……."

그때 저 멀리서 분이가 터덜터덜 걸어오는 게 보였다.

분이는 요 며칠 버새 때문에 널뛰듯이 바빴다. 좌포청 종사관한테 그림에 관한 추리를 꺼내 놓자 지푸라기라도 잡고 싶었던 포도청은 금세 버새로 시끌벅적해졌다.

"언니, 눈이 왜 그래?"

분이의 눈두덩이가 시퍼렜다.

"헛고생시켰다고 장 포교한테 맞았어. 체, 기막힌 추리라고 맞장구칠 때는 언제고!"

분이가 코웃음을 치며 씨근댔다.

"버새 주인들을 조사한 거야?"

"한성부에 부탁해 버새를 가진 이들의 명단을 작성하고 이들 사이에 공통점이 있는지 꼼꼼히 살폈어. 근데 신분이 너무 제각각이고 딱히 공통점이랄 게 없는 거야. 그래서 사람을 붙여 일일이 뒤를 캤지. 결국 수상한 사람이 하나도 없었지만."

"저기…… 김득지는?"

조이가 유모를 힐끔대며 우물우물 물었다. 유모가 의아한 눈길로 조이를 쳐다보는 게 느껴졌다. 갑자기 그 이름이 왜 나오나 싶은 듯했다.

"야, 그치는 완전 개망나니더라. 어린놈이 대낮부터 기생집에 처박혀서는 술만 마시더라니까. 어떤 여자하고 혼인할지 그 여자만 불쌍하지. 아마 평생 눈물 바람일 거다."

그 말에 약속이나 한 듯 조이와 유모는 서로 눈을 피하며 얼굴을 돌렸다.

"흠흠, 그랬구나. 나 때문에 언니가 맞은 것 같아 미안하네."

"네가 왜 미안해? 어차피 아무런 실마리도 못 찾고 있었는데, 뭘."

분이는 살짝 웃어 보이고 집 쪽으로 걸어갔다.

"다 큰 처녀가 왜 도둑을 잡겠다고 설쳐서 저런 꼴을 당해, 쯧쯧."

멀어지는 분이의 뒷모습을 바라보며 유모가 혀를 끌끌 찼다.

"도둑 잡는 게 저 언니 일이니까 그렇지. 분이 언니는 다모란 말이야."

"그래도 어디 저러다 시집이나 가겠어요?"

유모 말에 조이는 가슴이 답답해졌다.

"거기서 시집이 왜 나와? 분이 언니는 시집을 가든 안 가든 다모가 평생 자기 일이야. 시집이 다가 아니라고!"

"시집이 다가 아니라니요? 여자는 그저 남편 사랑받으며 아이 낳고 오순도순 사는 게 최고라고요."

"그러다 남편 잘못 만나면? 왜 여자는 자기가 잘하는 거, 좋아하는 거 다 팽개치고 시집에만 목을 매야 하는데? 왜 자기 행복을 남편 손에 맡겨 놓는 건데? 자기 행복이고 자기 인생인데."

이제껏 느껴 왔던 불만이 부글부글 끓어올랐다. 유모가 아니라 글러 먹은 세상에 대한 불만이었다.

"누가 들으면 어쩌려고 그러세요? 아가씨가 그런 말한 줄 알면 정말 혼삿길 막힌단 말이에요."

유모가 허둥지둥 주위를 살피며 목소리를 낮췄다. 이에 발끈해 조이가 막 입을 떼려는데 유모가 먼저 부리나케 말길을 틀었다.

"아까 나왔던 버새 얘기나 해 봐요. 수말과 암탕나귀 사이에서 난 그 버새를 말하는 건가요?"

뜬금없는 이야기에 조이는 입술만 벙긋벙긋했다. 그러고는 작게 한숨을 내쉬었다. 어차피 당장 유모의 생각을 바꿀 수는 없을 것이다. 앞으로 차차 해 나가야 한다. 유모도 세상도 언젠가는 바뀔 테니까. 바뀌어야 하니까.

조이는 지금은 유모 말에 장단을 맞추기로 했다.

"응, 그 버새 맞아. 버새에 대해 잘 알아?"

그러자 유모가 냉큼 말을 받았다.

"알 만큼은 알지요. 원래는 힘이 좋은 암말과 끈기가 좋은 수탕나귀를 맺어 주는데요. 그렇게 해서 태어난 노새는 제 부모한테서 좋은 점만 물려받아 순하고 힘이 세답니다. 그런데 이상하게도 수말과 암탕나귀 사이에서 태어난 버새는 몸집도 작고 힘도 약해요. 그러니 수말과 암탕나귀는 웬만해서 맺어 주길 꺼린답니다. 그래서 버새가 노새보다 드문 거지요."

혀에 기름이라도 두른 듯 막힘없이 잘도 읊었다.

"버새가 참 불쌍하다. 자기가 원해서 태어난 것도 아닌데."

조이가 입술을 삐죽이며 꿍얼거렸다.

"불쌍하기는 별것이 다 불쌍하네요. 근데 아가씨 말을 듣고 보니 버새가 서자 팔자하고 비슷하네요. 양반을 말에 빗댄 걸 알면 경을 칠 일이지만, 암탕나귀가 첩이라면 버새는 서자지요."

"그거야! 서자였어!"

조이가 벌떡 일어나며 외쳤다. 유모는 깜짝 놀라 앉은

자리에서 엉덩방아를 찧었다.

"아이고, 가슴이야. 버새가 서자 같다고 한 게 그리 소리칠 일이에요?"

"아니야. 그런 게 있어. 아무튼 유모, 건강 조심하고 다음에 봐."

조이는 허둥지둥 인사를 건네고 집으로 뛰어갔다.

"뒷모습만 보면 누가 봐도 영락없는 관비구먼. 양반 시절 익힌 몸가짐은 그새 다 까먹으신 걸까? 축 처져 있는 것보다는 낫지만, 앞으로 어떡해야 할지……."

유모가 옷고름으로 눈물을 찍어 내며 중얼거렸다.

"어때, 내 말이 그럴듯하지?"

조이가 반짝반짝 눈을 빛내며 물었다.

"그러니까 네 말은 검은 말 도적단이 서자들이라는 거잖아. 그럴싸하긴 한데, 한양 사는 서자들을 모조리 의심할 수도 없잖아. 일이 너무 커."

분이가 달걀로 눈을 문지르며 투덜댔다. 조이는 문득 윤 도령이 생각났다.

'에이, 도련님은 아니야. 우선 신출귀몰하는 검은 말

도적단하고는 느낌부터 다르잖아. 도적단은 분명 우락부락하고 건장한 사내들일 거야. 오라버니처럼 말이지. 그런데 도련님은 허리가 꽃줄기처럼 가늘잖아. 그렇게 곱상한 외모에다가 밤이슬을 맞는 도적을 갖다 대다니, 전혀 어울리지 않아.'

조이는 머릿속에 그려진 생각을 휘휘 날려 버렸다.

"언니, 전부터 물어보고 싶었는데, 검은 말 도적단은 의적이잖아. 지금 나라 꼴이 엉망인 건 세상이 다 아는데, 의적인데도 잡아야 할까?"

"백성들한테 재물 좀 나눠 주면 무조건 의적인가? 어쩌면 의적 흉내를 내는 흉악한 도적놈일지도 모르잖아. 훔친 재물을 전부 나눠 준 것도 아니고."

"그건 몰랐네……."

조이가 말꼬리를 흐렸다.

"설사 의적이라 해도 나는 잡을 거야. 내 일이 도적을 잡는 거니까. 내가 너희 집을 밀고할 때 조금이라도 망설였을 것 같아? 네 오라비가 나쁜 사람이라 잡은 게 아니야. 내가 다모라서 잡은 거야."

분이의 눈이 날카롭게 조이 얼굴에 꽂혔다. 조이는 오

랏줄에 꽁꽁 묶인 듯 꼼짝도 할 수 없었다. 포교한테 맞으며 오랏줄에 묶이던 오라비의 모습이 떠올랐다. 나쁜 사람이 아닌데도…….

분이가 깊은숨을 내쉬고는 말을 이었다.

"도적단을 잡으면 면천할 수 있어. 관비 신세에서 벗어나 상민이 될 수 있다는 말이야. 그리고 포상금도 어마어마해. 그걸로 엄마하고 목이가 밥걱정 안 하고 살 수 있다면 나는 의적이 아니라 의적 할아버지라도 잡을 거야."

"그렇게 되면 더는 다모를 할 수 없잖아. 보통 여인들처럼 평범하게 살아야 하는데도 괜찮아?"

조이가 겨우 입술을 뗐다.

"평범한 게 어때서? 험한 일 안 하고 여자답게 살 수 있는데 뭐가 아쉬워서."

"그랬구나. 언니도 다모가 하는 일이 여자답지 않다고 생각하고 있었네."

조이의 목소리가 작아졌다. 분이가 한 말이 실망스러웠다.

틀린 말은 아니었다. 아니, 어쩌면 당연한 말일 거다.

하지만 열심히 사건에 매달리는 분이를 볼 때마다 다모 일에 자부심을 가지고 있는 줄 알았다. 일이라서 하는 게 아니라 좋아서 하는 것처럼 보였다.

'지금 보니 내가 오해한 건가 봐. 조선에서 여인이 자기 일을 갖는다는 게 언니한테는 아무것도 아니었어.'

조이는 입술을 앙다물었다. 왠지 무너져 내릴 땅 위에 발을 딛고 있는 기분이었다.

의심받는 서자들

12

"치, 맨날 나보고 받아 오래."

조이가 꿍얼꿍얼 불평을 늘어놓았다. 막심이의 심부름으로 바느질감을 받으러 장통방에 가는 길이었다.

조이는 갈 때마다 자기한테 쏟아지는 눈길이 싫었다. 사람들은 조이의 머리에 뿔이라도 돋은 양 신기하게 쳐다보았다. 양반 출신 관비에 대한 호기심이었다.

가기 싫은 터라 점점 걸음이 느려지는데, 익숙한 노랫소리가 들려왔다. 동네 아이들이 부르는 소리였다.

선비의 관이 삐뚤어지니 지렁이가 벌레를 먹어

버렸네.

엘화 에야 에헤야. 나무야, 갓을 써라.

엘화 에야 에헤야. 가르쳐라, 골짜기서.

엘화 에야 에헤야.

'어? 노래가 그 전하고 달라진 거 같은데…….'

조이는 고개를 갸웃하다 아이 하나를 붙들고 물었다.

"애, 지금 부르는 노래, 어디서 배운 거야? 노랫말이 바뀐 거 맞지?"

더벅머리 사내아이는 조이의 물음에 눈만 끔뻑끔뻑했다.

"구리개 사는 아이들한테 배운 거야. 거기 애들은 새로 노래를 배울 때마다 엿가락도 받는대. 치, 우리한테도 주지."

갑자기 다른 아이가 끼어들며 대답을 가로챘다. 조이가 뭐라도 줄 거라 기대하는 눈치였다.

"어쩌지? 가진 게 아무것도 없어."

조이는 손바닥을 내보이며 미안해했다. 아이들은 시무룩한 얼굴로 다른 친구들한테로 뛰어갔다.

조이는 심부름하는 내내 머릿속으로 노랫말을 되풀이했다. 왠지 이상했다.

"전에는 '귀신이 옷을 벗었네.'라고 했는데, 지금은 '지렁이가 벌레를 먹어 버렸네.'로 바뀌고, '달려라, 닭아라. 서 있네, 밭이.'였는데, 지금은 '나무야, 갓을 써라. 가르쳐라, 골짜기서.'란 말이지. 왜 노래가 바뀌었을까? 그리고 아이들한테 굳이 엿까지 쥐여 주며 노래를 가르치는 까닭이 뭘까?"

끊임없이 질문을 이어 가다 보니 어느새 집이었다. 바느질감을 막 툇마루에 내려놓는데 분이가 와서 털썩 앉았다.

"어휴, 힘들다. 이놈의 짚신, 또 터졌어. 이거 때문에 집에 들른 거야."

분이가 짚신을 벗어 내동댕이쳤다.

"줘 봐. 내가 한번 자투리 천을 대고 꿰매 볼게."

조이가 짚신을 주워 들었다. 하지만 갈래갈래 터진 짚신은 바느질 귀신이 붙어도 어림없어 보였다.

"엄마한테 또 잔소리깨나 듣겠네. 사흘이 멀다 하고 짚신을 해 먹으니."

"언니, 그러지 말고 포도청에 말해서 도와달라고 해."

"그건 안 돼. 위에다 섣불리 보고했다가 이번에도 허탕이면 얼굴이 남아나지 않을 거야. 한 대로 끝나지 않을 테니까."

분이가 부르르 떨며 두 볼을 감쌌다.

분이는 혼자서 한양에 사는 서자들을 조사하고 있었다. 변장하고 집 안을 염탐하는 건 기본이고, 동네 우물가나 빨래터를 기웃거리며 떠도는 소문을 모았다. 그래서 짚신뿐만 아니라 발바닥도 남아나지 않았다.

"뭐 새롭게 알아낸 거 없어?"

조이가 분이의 발에 감긴 천을 조심스럽게 풀면서 물었다.

"있지! 한양에 서자가 워낙 많으니 어디서부터 시작할지 고민하다 도적단이 일곱이라는 게 떠올랐지 뭐야. 일곱이라는 수에 매달리다가 이번에 활터에서 그럴듯한 얘기를 들었어."

천을 모두 풀어내자 분이가 이마를 찡그렸다. 분이의 발은 물집이 터진 딱지로 너덜너덜했다. 조이의 이마에도 덩달아 주름이 잡혔다.

"요즘은 못 봤지만, 원래 일곱 명씩 몰려다니던 서자들이 있었대. 일곱 명이 함께 무과 시험을 준비했다나 봐. 서자는 문과를 볼 수 없으니 무과에 매달린 거지. 그래서 활터에서 함께 활을 쏘거나 말을 타고 성 밖으로 나가 무예 연습을 했대."

조이의 얼굴이 박꽃처럼 환해졌다. 무과라니 윤 도령과는 전혀 관련이 없었다. 윤 도령은 의학 생도였다.

"아야! 좀 살살 해."

분이가 아프다고 소리를 질렀다. 딴생각을 하다 상처를 건드린 모양이었다.

"조금만 참아. 깨끗이 닦고 다시 감아 줄게."

조이는 물수건으로 조심스럽게 상처를 닦았다. 그러고는 깨끗한 천으로 모양새 좋게 발을 감쌌다.

"호, 천 감는 솜씨가 제법인걸. 바느질에는 영 재주가 없더니 이건 잘하네."

분이의 칭찬에 조이는 입꼬리가 실룩샐룩했다.

"서자들 얘기나 마저 해 봐. 무과 준비를 했으면 무예 솜씨가 좋을 거 아니야. 그럼 검은 말 도적단하고 조건이 딱 들어맞잖아."

"문제는 증거가 없다는 거야. 벽서 사건 이후 이 서자들이 활터에 나온 적이 없대. 그래서 이제부터 당장 그 일곱 명의 뒤를 캐 보려고."

분이는 새 짚신을 발에 꿰고 다시 집을 나섰다. 약간 절뚝거리는 뒷모습을 보면서 조이는 의적이든 아니든 검은 말 도적단이 빨리 잡히기를 빌었다.

그러나 그날 밤 조이의 생각은 뒤집히고 말았다.

"누구라고?"

조이의 얼굴이 하얘졌다. 눈동자도 심하게 흔들렸다.

"윤 참판댁 서자 말이야. 그 도령도 일곱 명 중 하나야. 듣기로는 너희 오라비와 친구라던데. 어릴 적부터 무척 친하게 지냈다고 하더라고. 너도 알아?"

분이가 호들갑스럽게 물었다. 등불이 어두워 조이의 낯빛을 눈치채지 못했다.

"조금……. 하지만 윤 도령은 혜민서 의학 생도인데 어째서?"

"일곱 명이 전부 무과를 준비한 건 아니었대. 함께 어울리며 무예를 배웠지만 몇몇은 다른 길을 갔다고 하더라고. 윤 도령처럼 말이야. 근데 사람들 말로는 그중 윤 도령의 무예가 제일 뛰어났대. 그래서 무과를 안 보고 의학 생도가 되었을 때 재주가 아깝다고 했다나 봐. 정말 그렇게 활을 잘 쏴?"

"아니, 한 번도 본 적 없어."

조이의 말은 거의 속삭임에 가까웠다.

"그런데 이번 추리도 헛다리 짚은 것 같아. 꽤 그럴듯했는데 말이야."

분이가 아쉬운 듯 입맛을 쩝쩝 다셨다.

"잘못 짚었다고? 정말이지?"

조이의 눈에 다시금 생기가 피어올랐다.

"패거리가 한자리에 모이거나 서로 서찰을 주고받은 흔적이 없어. 몇 달 동안 얼굴도 보지 않고 어떻게 도적질을 모의할 수 있겠어? 그러니 이번에도 허탕이지."

그 말에 안심해서 저절로 맥이 탁 풀렸다.

'역시 그랬어. 서현 도련님이 도적일 리 없지.'

얼굴도 비로소 제 색을 되찾았다.

"언니, 그럼 이제부터 어떡할 거야?"

"어떡하긴. 다시 원점으로 돌아가는 거지. 버새도 관계없고, 서자도 아니라면 도대체 그 그림은 무얼 뜻하는 걸까?"

조이도 그것이 궁금했다. 하지만 윤 도령만 엮이지 않았다면 아무래도 좋았다.

노랫말에 담긴 비밀

13

"서현 도련님이 활을 잘 쏘는 걸 알고 있었냐고요?"

유모가 되물었다.

"응. 내가 아는 건 도련님이 오라버니만큼 글공부를 많이 했다는 것뿐이야. 유모는 알고 있었어, 몰랐어?"

조이가 안달하며 채근했다.

"우리 도련님이나 서현 도련님이나 활터에서 명궁으로 유명했지요. 눈 감고 쏴도 백발백중이라고 소문이 자자했답니다."

"그랬구나. 나는 도련님이 글만 아는 샌님인 줄 알았거든. 나만 모르고 있었어."

조이의 목소리에 서운함이 가득했다. 그러거나 말거나 유모는 회상에 이미 푹 빠져 허우적대느라 바빴다.

"정우 도련님이 활과 화살집을 메고 집을 나설 때면 어찌나 늠름한지 장수가 따로 없었지요. 서현 도련님도 그 고운 얼굴과 달리 활시위를 당길 때 힘이 얼마나 넘치는지 그림이 따로 없었답니다."

"뭐야, 유모는 활 쏘는 모습도 봤단 말이야?"

조이의 목소리가 뾰족해졌지만, 유모는 여전히 회상 속에서 헤매고 있었다.

"그러고 보면 임신년에는 인재가 많이 태어났어요. 돌아가신 아가씨 할아버님도 임신년에 태어나셨대요. 대감마님은 임인년생이니 양쪽으로 딱 삼십 년 차이가 나고요. 한집안에서 서른 살 터울로 자손이 태어났다며 신기해하시던 할아버님 모습이 눈에 선하네요."

그 순간 조이의 눈이 반짝 빛났다.

'임신년, 임인년, 삼십 년 차이?'

머릿속에서 글자가 마구 회오리쳤다. 엉킨 실타래처럼 뒤죽박죽 뒤섞인 글자 속에서 조이는 하나씩 매듭을 풀고 글자를 가지런히 꺼내 놓았다. 그러자 숨겨진 비

밀이 민낯을 드러냈다.

"에휴, 집안이 이리된 걸 아시면 할아버님이 무덤에서 통곡을⋯⋯."

"유모, 나 갈게. 이제야 수수께끼가 풀렸어."

유모의 넋두리를 툭 끊으며 조이가 일어났다.

"네? 좌포청에서는 수수께끼도 내 준답니까?"

대답할 새도 없이 조이는 집으로 열심히 내달렸다.

"자, 이제부터 수수께끼를 풀어 볼까?"

조이가 혼잣말을 하며 마당에 쪼그리고 앉았다. 머릿속으로만 그렸던 내용을 직접 펼쳐 보기 위해서였다. 조이는 꼬챙이로 거리에서 불리던 노래를 써 내려갔다.

"선비의 관이 삐뚤어지니⋯⋯."

언문으로 쓰인 노랫말이 줄줄이 흙바닥에 새겨졌다. 조이는 바닥에 새긴 노랫말을 짚어 가며 자기가 풀이한 내용을 밑에다 덧붙였다.

"선비의 관이 삐뚤어졌다니 '선비 사(士)'에 관을 삐뚤게 씌우면 임(壬) 자가 되고, 귀신이 옷을 벗었다 했으니 귀신(鬼神)에서 한 가지를 떼어 낸 걸 옷을 벗었다 표현한 거니 신(神)에서 시(示)를 떼면 신(申) 자가 되는구나. 역시 두 달에 한 번씩 돌아오는 임신(壬申)일을 뜻하는 말이었어."

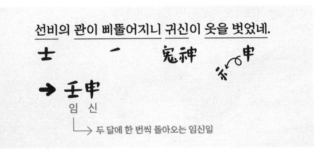

"'달려라'는 '달릴 주(走)' 자를, '닮아라'는 '닮을 초(肖)' 자를 써서 두 글자를 합치면 조(趙) 자가 돼. 이건 조씨 성을 뜻하는 거야."

엘화 에야 에헤야. 달려라, 닮아라. ➜ 趙
走 肖   조
                                ↓
                         조씨 성을 가진 자

"'서 있네'는 '설 립(立)' 자, '밭'은 말 그대로 '밭 전(田)' 자니 합치면 '입전'인데, 비단을 파는 선전(線廛)을 입전 이라고도 불러. '선전'의 '선' 자를 우리말 발음 그대로 서 있다는 의미에서 입(立)하고 같이 쓰니까. '전'은 한자 뜻하고 상관없이 발음대로 갖고 온 거고. 결국 이 노랫 말은 비단을 파는 가게인 선전을 가리키는 거야."

엘화 에야 에헤야. 서 있네, 밭이.
立 田

➜ 立廛 = 線廛
   입 전   선 전
        ↳ 비단을 파는 가게

"노랫말을 전부 풀이하면 '임신일에 비단전을 하는 조씨 성을 가진 자'가 돼. 전에 운종가에서 비단전을 하

135

는 조씨 집이 털렸다고 했는데, 아마도 그날이 임신일이었을 거야."

조이는 입술을 잘근잘근 깨물다 바뀐 노랫말도 마저 풀어 보았다.

"임은 같으니 됐고, '지렁이가 벌레를 먹어 버렸네'를 풀면 '지렁이 인(螾)' 자에서 앞에 붙은 '벌레 충(虫)' 자를 먹어 버렸다는 의미에서 떼 내면 인(寅)이 남아. 임신일과 삼십 일 차이가 나는 '임인일'이야."

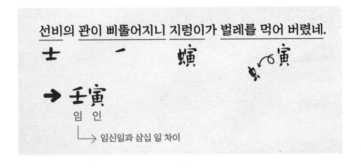

"'나무야, 갓을 써라'는 '나무 목(木)' 자에 갓머리를 뜻하는 면(宀) 자를 씌우니 송(宋) 자가 돼. '가르쳐라'는 '가르칠 교(校)' 자를, '골짜기서'는 '골짜기 동(洞)' 자니, 북촌 아래 '교동'을 가리키는 거야."

엘화 에야 에헤야. 나무야, 갓을 써라. ➔ 宋
木 宀   송
                                 ↓
                              송씨 성을 가진 자

엘화 에야 에헤야. 가르쳐라, 골짜기서. ➔ 校洞
校 洞   교 동
                                 ↓
                         북촌 아래 있는 동네인 교동

조이는 언문과 한자가 뒤섞인 낙서 같은 글자들을 오
랫동안 바라보았다.

"이 풀이대로라면 도적단의 다음 목표는 '임인일에
교동 사는 송씨 성을 가진 사람'이야. 영의정의 별장에
도적단이 든 날이 임인일이었으니 비단전이 털린 임신
일과 삼십 일 차이가 나. 한 달마다 사건이 벌어지고 있
다는 뜻이지. 그리고 다시 임인일이 다가오고 있어."

도적단은 노래를 통해 언제, 누구네 집을 습격할지 동
료들한테 알린 것이다. 한 달은 일곱 명이 사는 곳까지
노래가 퍼지기에 충분한 시간이다.

조이는 자기가 풀이해 놓은 내용을 흐뭇하게 내려다
보았다. 엄청난 비밀을 알아냈다는 생각에 가슴이 뿌듯

했다. 그러나 곧 그에 못지않은 근심이 조이를 덮쳤다.

"분이 언니가 잘못 짚은 게 아니었어. 일곱 명이 모인 증거가 없어서 포기한 거였는데, 어떻게 정보를 주고받았는지 알게 됐잖아. 그렇다면 서현 도련님이 도적단일 수도 있다는 뜻인데……."

조이가 사립문 쪽을 불안하게 쳐다보고는 급하게 바닥에 써 놓은 글자들을 지웠다. 그러잖아도 닳고 해졌던 짚신이 바닥에 문질러 대는 통에 툭 터지고 말았다. 발에 걸려 달랑거리는 짚신을 홀떡 차 버리고 조이는 맨발로 바닥을 지워 나갔다.

"뭐 하니?"

분이였다.

"에구머니!"

조이가 엉덩방아를 찧으며 주저앉았다.

"뭘 그렇게 놀라? 몰래 뭐라도 했어?"

분이가 정곡을 찔렀다. 조이는 당황해서 목이 떨어지라 고개를 흔들었다. 분이의 눈이 가늘어졌다. 그러고는 조이가 어지럽게 지워 댄 바닥으로 눈길을 보냈다.

"종이 놔두고 굳이 땅바닥에다 글자 공부를 한 건 아

닐 테고……."

"맞아. 오늘 밤에 가르칠 글자들을 써 본 거야. 종이
아껴야지. 그런데 언니, 물어볼 게 있는데 교동 사는 송
씨 중에 탐관오리나 안 좋은 방법으로 부자가 된 사람
있어?"

조이는 어물쩍 말을 돌렸다.

"교동 사는 송씨라면 탐관오리가 하나 있기는 하지.
대비의 오라비한테 뇌물을 주고 벼슬을 샀는데, 그 몇
배를 백성들한테 짜내고 있으니. 근데 그건 왜 물어?"

"오늘 혜민서에 유모를 만나러 갔다가 거기 있는 환
자들한테서 들은 거야. 그래서 어떤 사람인지 궁금해
서……."

조이 말에 분이가 떨떠름한 표정으로 의심의 눈초리
를 거두었다. 하지만 눈을 땅바닥에 붙들어 맨 채 곰곰
이 생각에 잠겨 있었다. 조이는 안심하며 몰래 가슴을
쓸어내렸다.

'언니, 미안해. 서현 도련님이 아닌 게 확실해지면 다
말해 줄게. 조금만 기다려.'

윤 도령을 잃을 수는 없었다. 윤 도령은 조이가 스스

로 움켜쥐고 싶은 행복이었다. 아버지가 억지로 옆에
붙여 주는 사람이 아니라 조이가 찾아낸 사람이었다.
평생 동무가 되고 싶은 사람이었다.

꿈을 접은 조이

14

"너 똑바로 말 안 해?"

분이가 흘러내린 앞머리에 바람을 훅 불고는 바짝 다가앉았다.

"몇 번이나 말해? 혜민서에서 들었다고 했잖아."

조이는 일부러 짜증을 내며 시치미를 뗐다. 그러나 분이는 호락호락 넘어가지 않았다. 여전히 못 믿겠다는 표정이었다.

"그게 말이 돼? 네가 교동 사는 송씨에 관해 물은 지 며칠 안 가 거짓말처럼 교동 사는 송씨 집에 도적이 들었는데, 그냥 우연이라고?"

분이 말대로 어젯밤에 검은 말 도적단이 나타났다. 하나 더 추가하자면 어제가 '임인일'이라는 거였다. 분이는 아직 비단전 사건과 한 달 차이가 난다는 건 모르고 있었다.

"언니는 그런 때 없어? 생각지도 않은 우연이 여러 번 겹치는 때 말이야. 이번이 바로 그런 거야. 오비이락인 거지! 한자를 배웠으니 대충 뜻을 짐작할 수 있겠지?"

조이는 분이의 관심을 돌리려 열심히 머리를 굴렸다.

"오비이락? 오 자가 '까마귀 오' 자야?"

다행히 분이가 미끼를 덥석 물었다.

"옳지! 시작이 좋아. 다음은?"

분이는 이마를 찡그리며 머리를 쥐어짰다.

"날 비…… 배 이, 떨어질 락? 아! 까마귀 날자 배 떨어진다?"

"짝! 짝! 짝! 언니는 역시 머리가 좋아."

조이의 칭찬에 분이는 입이 귀에까지 걸렸다.

"솔직히 말하면 눈치껏 때려 맞힌 거야. '까마귀 날자 배 떨어진다.'는 말은 많이들 쓰니까. 그게 오비이락인 줄은 모르고 있었지만……."

"언니도 참, 눈치도 실력이야. 기본이 있어야 때려 맞힐 수 있지."

"그런가? 히히."

분이가 실실 웃으며 콧잔등을 긁적거렸다.

'분이 언니가 단순한 사람이라서 다행이야. 근데 더는 미룰 수 없겠다.'

윤 도령에게 확인하는 게 무서워 이 핑계 저 핑계 대고 있던 터였다. 조이는 결국 마음을 단단히 준비하고 혜민서로 향했다. 발걸음은 꾸무럭꾸무럭 거북이보다 느렸다.

'도련님을 만나러 가면서 이리 마음이 무겁기는 처음이네.'

혜민서 마당에 들어서니 윤 도령이 보였다. 혼자가 아니라 네다섯 명의 아이들과 함께였다.

"우리한테도 노래 가르쳐 줘요."

"아까 친구가 자랑했어요. 엿도 받고 노래도 새로 배웠다고요."

"우리도 배울 테니 엿 주세요."

아이들이 윤 도령을 둘러싸고 마구 졸라 대고 있었다.

조이는 허겁지겁 나무 뒤로 숨었다.

'홍조이, 멍청이! 왜 구리개와 혜민서를 연결 짓지 못했을까? 혜민서가 구리개에 있다는 걸 잊고 있었다니! 역시 도련님이……'

심장이 터질 듯이 뛰었다. 쿵쿵 뛰는 소리가 저쪽에 있는 윤 도령한테까지 들릴 것 같았다. 그런데 정말로 그랬는지 윤 도령이 아이들을 물리고 다가왔다.

"유모를 만나러 오신 건가요?"

조이의 눈동자가 심하게 요동쳤다. 윤 도령은 걱정이 가득한 얼굴로 조이를 한적한 방으로 데려갔다.

"아주 중요한 말씀인가 보네요. 무슨 말일지 슬슬 걱정이 드는데요."

윤 도령이 어깻짓을 하며 너스레를 떨었다. 하지만 얼굴에는 긴장한 빛이 또렷했다.

조이가 두 손을 맞잡고 어렵사리 입을 열었다.

"선비의 관이 삐뚤어지니 귀신이 옷을 벗었네. 임신 일을 뜻하지요. 달려라, 닭아라. 서 있네, 밭이. 비단전을 하는 조씨 성을 가진 자를 가리키고요. 더 할까요?"

"아니, 그거면 충분합니다."

윤 도령이 손을 들어 조이를 말렸다. 표정이 돌처럼 딱딱했다.

"정말로 도련님이 검은 말 도적단인가요? 아니지요?"

조이가 간신히 목소리를 쥐어짜며 물었다. 물속에 고개를 처박고 있는 것처럼 숨쉬기가 버거웠다.

"정우 말대로 정말 영특한 분이네요."

"오라버니는 끌어들이지 마세요. 저는 지금 도련님께 묻고 있는 거예요."

조이가 말을 자르며 목소리를 높였다. 윤 도령은 손바닥으로 얼굴을 쓱 훑고는 한숨을 내쉬었다.

"아가씨가 추리한 대로입니다. 사람들이 검은 말 도적단이라 부르는 이들 중에 저도 있습니다."

"그런 말도 안 되는……."

조이는 한 손으로 벽을 짚었다. 쓰러질 것 같아서였다. 그러다 속삭이듯 말을 이었다.

"아니에요. 제발 아니라고 말씀해 주세요."

"진실을 알려 달라고 한 건 아가씨입니다. 내용이 설령 마음에 들지 않더라도 그건 아가씨의 몫입니다. 어떤 선택을 하든 아가씨 자유고요."

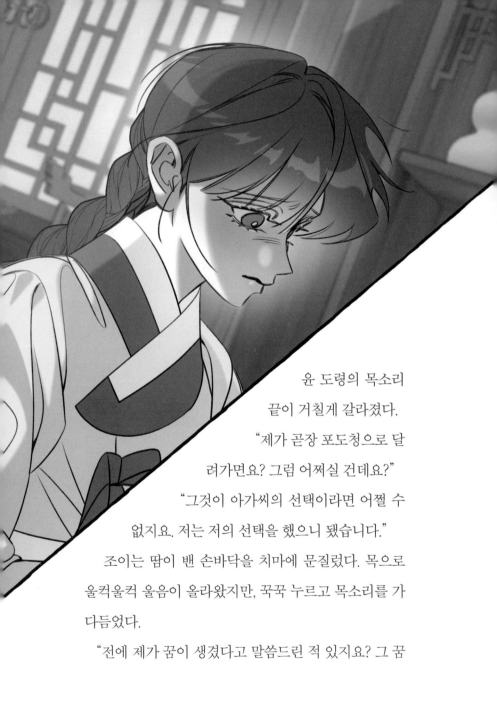

윤 도령의 목소리
끝이 거칠게 갈라졌다.
"제가 곧장 포도청으로 달
려가면요? 그럼 어쩌실 건데요?"
"그것이 아가씨의 선택이라면 어쩔 수
없지요. 저는 저의 선택을 했으니 됐습니다."
조이는 땀이 밴 손바닥을 치마에 문질렀다. 목으로
울컥울컥 울음이 올라왔지만, 꾹꾹 누르고 목소리를 가
다듬었다.
"전에 제가 꿈이 생겼다고 말씀드린 적 있지요? 그 꿈

은 다모였어요. 관비가 된 뒤 하루하루 구차하게 목숨
을 이어 가던 제게 다모가 되겠다는 희망은 살아가는
힘이 되어 주었어요. 다모를 꿈꾸면서 사는 게 즐거워
졌고요. 그러나 이제는 어떻게 해야 할지 모르겠어요.
방향을 잃은 기분이에요."

　윤 도령의 얼굴이 울 것처럼 일그러졌다.
그러나 조이가 미처 눈치채기도 전에
얼굴에서 표정을 지웠다. 윤 도령
은 조이한테서 등을 지고
창문 쪽으로 돌아섰다.

더는 어떤 말도 윤 도령의 입에서 나오지 않았다.

조이는 윤 도령의 주먹이 부들부들 떨리는 것을 지켜보다 문으로 걸어갔다. 문고리를 잡았지만, 차마 당기지는 못했다. 윤 도령의 쓸쓸한 등이 조이의 발을 멈추게 했다.

"포도청에 고하지는 않을 거예요. 그런데 함께 사는 좌포청 다모가 이미 도련님과 친구분들을 의심하고 있어요. 부디 조심하세요."

말을 마치자마자 조이는 재빨리 문을 열고 나왔다. 더는 눈물을 참을 수 없을 것 같아서였다. 스멀스멀 올라오던 눈물이 혜민서를 나서기가 무섭게 마구 쏟아졌다. 관비가 된 첫날 이불 속에서 운 뒤 처음으로 흘리는 눈물이었다.

"오라버니, 버틸, 견딜 자신이 없어요, 흑흑."

꽁꽁 묶어 두었던 감정이 눈물과 함께 한꺼번에 터져 나왔다.

'오라버니, 저는 무엇을 꿈꾸었던 걸까요? 분이 언니 같은 다모는 될 수 없을 거예요. 제 손으로 서현 도련님을 잡아넣을 일은 절대 없을 테니까요. 의적이든 아니

든 무조건 잡아들인다는 걸 저는 받아들 수 없어요. 이
런 저는 안 되겠지요?'

조이는 다모가 되겠다는 꿈을 접었다.

걸으면서 흘리는 눈물만큼 조이의 몸에서 생기가 빠
져나갔다. 칠방골 집에 도착했을 때는 조이 몸에 껍데
기만 남아 있었다. 희망이 없으면 살아도 사는 게 아니
었다.

위기에 빠진 검은 말 도적단

15

"아가씨, 왜 이렇게 기운이 없어요? 아침저녁이면 꽤 쌀쌀한데 병이라도 나신 거예요? 요새는 도통 혜민서에도 걸음을 안 하시고. 서현 도련님도 궁금해하시는 것 같던데……."

유모가 걱정을 주저리주저리 늘어놓았다. 그만하라는 말이 혀끝에 매달렸지만 조이는 가만있었다. 사실 말릴 기운도 없었다. 껍데기로 산 지 한 달이 다 되어 가는 듯했다.

"두 분 혹시 다투셨어요?"

조이가 힘없이 고개를 저었다.

"유모, 곧 인정이 치고 통행금지가 시작될 거야."

"벌써 그렇게 됐어요? 순라군한테 안 잡히려면 서둘러야겠네요."

유모가 조이의 손을 꼭 감싸 쥐었다가 놓았다. 손을 타고 유모의 마음이 따스하게 전해졌다. 곧 유모는 발길을 재촉해 어둠 속으로 사라졌다.

집으로 돌아와 방문을 열자 썰렁한 공기가 조이를 맞았다. 분이는 요 며칠 좌포청 다모간에서 지내고 있었다. 글공부도 멈춘 상태였다.

"우리 누나, 아까 낮에 집에 왔었다."

목이가 문 안으로 고개만 빠끔 내밀고 말했다.

"그래? 내가 바느질감 받으러 나간 사이에 잠깐 왔었나 보네."

"근데 방에서 막 열심히 뭔가 썼어. 혼자 글공부하냐고 물으니까 눈을 이렇게 뜨고 나가라고 소리쳤어."

목이가 손가락으로 눈을 샐쭉 들어 올리며 투덜댔다. 조이는 희미하게 웃어 보이고 고리짝 위의 이불을 잡아당겼다. 목이는 볼을 부풀리며 지켜보다가 조용히 문을 닫았다.

'이런! 분이 언니 이불이네.'

좌르르 이불이 흘러내렸다. 조이는 바닥에 쏟아진 이불 더미를 보며 한숨을 토해 냈다. 다시 갈무리하려고 쪼그려 앉는데 구겨진 종이들이 이불 속에 파묻혀 있는 게 보였다.

'목이가 말한 게 이건가? 글공부 쉬는 걸 아쉬워하더니 짬짬이 공부했나 보네.'

조이가 종이를 바닥에 놓고 손바닥으로 쫙쫙 폈다. 뭐라고 썼는지 잘 보이지 않았다. 창호지를 비집고 들어오는 달빛만으로는 부족해 방문을 열었다. 달빛이 방 안으로 한꺼번에 몰려왔다. 글자가 모습을 드러낸 순간 조이는 하얗게 질리고 말았다.

'맙소사!'

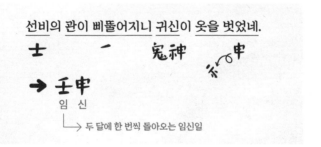

152

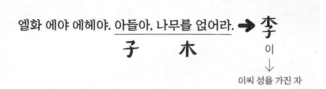

엘화 에야 에헤야. 아들아, 나무를 얹어라. ➡ 李
子 木 이
↓
이씨 성을 가진 자

엘화 에야 에헤야. 차를 마셔라, 윗 골짜기서.
茶 上 洞

➡ 上茶洞
상 다 동
└➡ 상다동

분이가 노랫말을 풀어놓은 종이였다. 더구나 그새 새
로운 노래가 퍼져 있었다. 노랫말대로라면 '임신일에 상
다동 사는 이씨 성을 가진 자'가 표적이었다.

'아마도 이 사람은 탐관오리거나 백성의 피를 빨아 재
산을 모은 자겠지. 어쩌지? 언니가 노래의 속뜻을 정확
히 꿰뚫었어.'

조이는 입술을 씹으며 방 안을 왔다 갔다 했다. 내일
이 임신일이었다. 분이가 벌써 포도청에 보고했다면 큰
일이었다. 조이는 뜬눈으로 밤을 새우며 날이 밝기만을
기다렸다.

통행금지가 끝났음을 알리는 파루가 울리자마자 조이는 좌포청으로 달리기 시작했다.

"새벽부터 무슨 일인데 숨넘어갈 것 같은 얼굴이야?"

분이가 졸린 눈을 비비며 물었다. 다모간에서 달게 자다 뒷마당으로 불려 온 터였다.

"언니가 쓴 종이 봤어. 벌써 포도청에 신고한 거야? 아니지? 제발 신고하지 말아 줘."

조이가 두 손으로 빌었다. 필요하다면 무릎까지 꿇을 작정이었다.

짧은 침묵이 흘렀다. 분이의 얼굴에는 잠의 흔적조차 남아 있지 않았다.

"늦었어. 이미 다 알려졌어. 오늘 밤 상다동 이씨 집에 포졸들이 매복할 거야. 좌포청은 물론이고 우포청까지 전부 나섰어. 모두 변장을 하고 주변을 겹겹이 에워싸고 지킬 거야. 쥐새끼 한 마리도 빠져나갈 수 없게."

분이가 무겁게 입을 열었다. 조이는 바닥에 풀썩 주저앉았다.

"이번에 잡히면 귀양 가는 걸로 끝나지 않을 거야. 분명 죽음을 면치 못할 거야. 이대로 도련님을 죽게 내버

려둘 수는 없어. 가서 알려야 해."

조이는 다리에 힘을 싣고 다시 일어났다. 하지만 분이
가 팔을 확 잡았다.

"안 돼. 못 가. 내가 널 보낼 것 같아?"

"언니, 제발. 도련님은 내가 좋아하는 사람이야. 제발
살려 줘. 검은 말 도적단은 의적이잖아. 백성들을 괴롭
히는 진짜 도적놈은 놔두고 왜 착한 사람을 잡으려는
건데? 언니가 생각하는 다모는 그런 거야? 백성을 망치
는 옳지 못한 명령이라도 위에서 시키면 일이니까 무조
건 하는 거야?"

"나는 명령의 옳고 그름을 판단하지 않아. 그건 내 일
이 아니니까."

분이가 한 마디 한 마디 씹어 먹듯 내뱉고는 잡은 팔
에 힘을 주었다. 그리고 다모간으로 끌고 가 밀어 넣고
는 문을 잠갔다. 조이가 열어 달라고 두드려 대자 목소
리를 죽이고 윽박질렀다.

"조용히 해. 너까지 엮여 들어가고 싶어? 가만있으면
때를 봐서 풀어 줄게."

조이는 온종일 다모간에 갇혀 있었다. 분이가 뭐라 했

는지 다른 다모들은 다모간 근처에 얼씬도 하지 않았다. 조이는 앞마당에서 들려오는 부산스러운 움직임 때문에 내내 마음을 졸였다.

저녁이 되자 창호지 밖에서 어둠이 밀려왔다. 모두 상다동으로 몰려갔는지 개미 한 마리 움직이는 소리도 들리지 않았다.

조이는 문을 부수고서라도 나가겠다고 마음먹었다. 막 문짝에 몸을 던지려는 순간이었다. 가까이서 이를 부득부득 가는 소리가 들려왔다.

"제길! 공을 세울 좋은 기횐데 나한테는 좌포청이나 지키라고? 빌어먹을 장 포교!"

오 포졸이었다. 조이는 하늘이 주신 기회다 싶어 소리쳐 오 포졸을 불렀다.

"아저씨, 여기요, 여기! 문 좀 열어 주세요."

"체, 누군가 했더니 양반 출신 계집애군. 내가 왜 문을 열어 줘야 하는데?"

오 포졸은 기껏 문앞까지 와 놓고도 문을 열어 주지 않았다.

"아저씨, 제발요. 분이 언니가 장난치느라 잠갔는데,

열어 주는 걸 깜빡했나 봐요."

조이가 문고리를 붙잡고 애원했다.

"네깟 게 뭔데 내가 시키는 대로 해야 하는데? 그러잖
아도 벼르고 있었는데 잘됐다, 요년. 어디 밤새 갇혀 있
어라."

오 포졸은 재밌거리라도 찾은 듯 신나 보였다.

조이는 발을 동동 구르다 마노 뒤꽂이에 생각이 미쳤
다. 얼른 치마를 제쳐 허리춤에 찬 주머니에서 뒤꽂이
를 꺼냈다.

"꺼내 주시면 대신 비싼 물건을 드릴게요. 쌀 몇 말 값
은 거뜬히 넘을 거예요."

"헹! 제까짓 게 그런 물건이 어딨어?"

말은 그리했지만, 금세 창호지에 폭 하고 구멍이 뚫렸
다. 그리고 곧 개구리같이 튀어나온 눈알이 구멍 안을
뒤룩뒤룩 굴러다녔다. 조이가 구멍 가까이에서 뒤꽂이
를 흔들어 보였다.

후딱 문이 열리더니 오 포졸이 손을 내밀었다. 조이는
주저하지 않고 뒤꽂이를 건넸다. 윤 도령의 목숨과 비
교하면 아깝지 않았다.

그길로 어둠을 헤치고 북촌으로 달려갔다. 오늘은 윤 도령이 혜민서가 아니라 집에 있을 터였다. 숨이 턱 끝까지 차올랐지만 조이는 쉬지 않고 한 식경 가까이 달리고 또 달렸다. 헉헉, 윤 도령 집 앞에 와서야 겨우 허리를 접고 숨을 고를 수 있었다.

탕! 탕!

손이 부서지라 문을 두드렸다. 잠시 뒤 안에서 "누구요?" 하는 나이 든 사내의 목소리가 들렸다.

"이 댁 서현 도련님을 만나야 해요. 도련님께 직접 드릴 말씀이 있어요. 중요한 얘기예요."

"이 밤에 웬 계집애가 도련님을 찾아? 우리 도련님은 혜민서 숙직 날이라 오늘 밤 안 들어오신다."

말이 채 끝나기도 전에 조이는 몸을 돌렸다.

앞만 보고 달렸다. 혜민서는 좌포청에서 북촌까지의 거리보다 조금 더 멀었다. 구불구불 골목길을 줄곧 달렸다. 땀이 비 오듯 쏟아졌다. 달빛이 조이의 그림자를 엿가락처럼 길게 늘였다. 시커먼 나무 그림자들은 음산하고 기괴한 느낌을 주었다.

그러나 조이는 그런 걸 생각할 겨를조차 없었다. 아버

지와 오라비를 귀양 가게 했다는 죄책감은 자주 악몽을 불러왔다. 꿈속에서 조이는 무너진 담장 아래 깔려 버둥거리거나 깜깜한 동굴에서 길을 헤매다 겨우 깨어나곤 했다.

그런 조이를 이제껏 지탱해 준 건 윤 도령에 대한 마음이었다. 윤 도령만 생각하면 힘이 났다. 더 나은 사람이 되고 싶다는 의욕도 샘솟았다. 옆에 있어도 당당해지고 싶었다.

'내 인생이고 내 행복이야. 내가 지켜야 해.'

조이가 뜀박질을 멈출 수 없는 이유는 오직 그 때문이었다.

어느덧 조이는 한 식경이 넘도록 달리고 있었다.

헉! 헉!

가슴이 찢어질 듯 아팠다. 뜨거운 모래를 입안 가득 물고 있는 것 같았다. 발바닥도 비명을 질러 댔다. 짚신은 이미 터져서 벗겨진 지 오래였다. 맨발바닥으로 자갈을 디딜 때마다 까지고 피가 났다. 하지만 멈출 수 없었다. 모퉁이만 돌면 혜민서니까.

그때 인정이 울리기 시작했다.

뎅, 뎅, 뎅…….

통행금지를 알리는 종소리였다. 눈앞이 아득했다. 목
줄을 죄는 듯 숨이 조여 왔다. 순라군한테 잡히면 모든
게 끝이었다.

드디어 혜민서 대문이 보였다. 조이는 마지막 숨을 끌
어 올렸다.

"악!"

어두워서 미처 돌부리를 보지 못했다. 몸이 휘청하더
니 저만치 나가떨어지고 말았다. 조이는 꼼짝도 할 수
없었다. 팔다리를 바르작거리며 일어서 보려 했지만 말
을 듣지 않았다.

가까이서 순라군이 다가오는 소리가 들렸다. 쿵쿵. 바
닥을 울리는 발걸음 소리가 점점 가까워지고 있었다.

조이는 엎어진 채로 굳게 닫힌 혜민서 문을 쳐다보았
다. 이를 악물고 마지막 힘을 끌어모아 땅바닥에 손을
짚었다. 팔다리가 모두 후들거렸다. 돌부리에 걸려 넘어
진 곳도 욱신욱신 쑤셨다. 결국, 풀썩 주저앉고 말았다.

'이젠 틀렸어.'

콧날이 시큰해지면서 눈물이 앞을 가렸다. 그런데 누

군가가 조이의 손을 잡아 일으켰다. 어둠과 눈물에 가려 손을 잡은 이가 보이지 않았지만, 느낌만으로 누군지 알았다.

"쉿! 조용히 저를 따르세요."

윤 도령이 귓가에 속삭였다. 조이는 윤 도령이 이끄는 대로 절룩거리며 따라갔다. 꿈을 꾸고 있는 것 같았다. 꿈에서 깰까 봐 두려워 작은 숨조차 내쉴 수 없었다.

다시 찾은 꿈

16

"어떻게 된 일이에요?"

손등으로 땀을 훔치며 조이가 물었다. 찰싹 달라붙은 머리카락 때문에 얼굴이 엉망이었다. 조이는 흠뻑 젖은 머리카락을 일일이 떼 내며 문득 살아 있구나, 하고 생각했다.

조이와 윤 도령은 순라군을 따돌리고 혜민서 담을 넘은 터였다. 둘은 한 달 전 이야기를 나누었던 방으로 몰래 숨어들었다.

"얘기는 나중으로 미루고 먼저 아가씨 발부터 보아야 겠습니다."

윤 도령이 혀를 차며 조이 앞에 한쪽 무릎을 꿇었다. 윤 도령의 얼굴도 땀으로 번들거리고 있었다. 턱 밑으로 뚝뚝 땀이 흘러내리는 것을 보고 조이는 윤 도령이 급하게 뛰어왔다는 것을 깨달았다.

"어디서 오시는 길이에요?"

윤 도령이 상처를 살피는 동안 조이가 물었다.

"북촌 집에서 오는 길입니다. 행랑아범한테서 웬 여자아이가 다녀갔다는 말을 듣고 바로 뒤를 쫓았지요. 조금만 늦었더라면 순라군한테 잡힐 뻔했습니다."

"댁에 계셨군요. 숙직 날이라 들었는데……."

"아범이 날짜를 헷갈렸더군요."

조이는 "아!" 하며 고개를 끄덕였다. 그리고 치료가 끝날 때까지 입을 다물었다.

오래 닫아 두었는지 방에서 곰팡내와 묵은 먼지 냄새가 났다. 그러나 살아 있는 이 세상의 냄새였다. 조이는 꽃 속에 파묻혀 있다 해도 이보다 향기롭지는 않을 것이라 생각했다.

"이제 제대로 설명해 보세요."

천으로 곱게 싸인 발에서 눈길을 거두며 윤 도령을 채

근했다.

"오늘 오후에 분이라는 다모가 다녀갔습니다."

"분이 언니가요?"

따귀를 맞은 것처럼 정신이 번쩍 들었다.

"네, 그 다모가 맞습니다. 노랫말의 비밀이 포도청에 알려졌다며 오늘 밤 움직이지 말라고 하더군요. 포졸들이 상다동 주변을 물샐틈없이 에워싸고 있다고요."

"도련님 친구들은요? 그분들한테는 어떻게 알리셨어요?"

"평소 엿을 주고 노래를 가르치던 아이들한테 부탁해 '아들이 나무를 얹지 않았다'고 전해 달라 했지요."

조이는 윤 도령이 한 말을 머릿속에 그려보았다.

"아들[子]이 나무[木]를 얹지 않았으니 이(李) 자가 되지 못했군요."

"역시 잘 아시네요. 아가씨와 마지막으로 본 뒤 많은 생각을 했습니다. 예전에 정우가 제게 한탄하며 말한 적이 있지요. 누이의 운명이 가여워 마음이 아프다고요. 평생 규방에 갇혀 살면 누이는 말라 죽어 버릴 거라고 하더군요. 조선에서 책과 글을 좋아하는 여인이 행복하게 사는 길은 거의 없다면서요."

조이는 오라비의 깊은 속내에 가슴이 뭉클했다. 윤 도령이 쓰고 남은 천을 돌돌 감으며 말을 이었다.

"그래서 마음이 무거웠습니다. 꿈을 접겠다던 그 눈빛이 내내 저를 괴롭혔습니다."

조이가 윤 도령을 물끄러미 쳐다보았다. 그러고는 고개를 저으며 말했다.

"아니에요. 꿈을 접은 건 도련님 때문이 아니에요. 이유는 저한테 있어요. 저는 명령의 옳고 그름을 판단하지 않고 무조건 따를 자신이 없거든요. 도련님과 상관없이 이건 제 숙제예요. 이 숙제를 풀어야만 다시 꿈도꿀 수 있을 것 같아요."

"그렇군요. 저는 아가씨가 꿈을 되찾았으면 좋겠습니다. 꿈을 좇을 때의 아가씨는 그 어느 때보다 아름답습니다."

윤 도령이 천을 조몰락거리며 수줍게 미소를 지었다. 조이의 뺨에도 붉은 기운이 올라왔다.

윤 도령은 흠흠 목소리를 가다듬고는 길게 덧붙였다.

"바른 소리를 하다 젊은 유생들이 귀양 가는 걸 보고

가만히 시절이 흘러가기만 기다릴 수는 없다고 생각했습니다. 세상이 저들 마음대로만 되지 않는다는 걸 보여 주자며 뜻을 모았지요. 그렇게 해서 탄생한 게 검은 말 도적단입니다. 이번 일로 검은 말 도적단은 당분간 활동을 접을 겁니다. 계속하기에는 위험이 커지기도 했고요. 그러나 방법만 달라질 뿐, 세상이 바뀔 때까지 우리의 싸움은 계속될 겁니다."

조이는 가슴이 벅찼다. 윤 도령이 조이한테 비밀을 꺼내 보인 것이다. 조이를 인정하고, 동등하게 바라봐 주고 있다는 의미였다.

조이와 윤 도령은 날이 샐 때까지 도란도란 이야기를 나누었다. 꿈같은 시간이었다.

"젠장, 우포청에까지 망신살이 제대로 뻗쳤어. 저번에는 분이 그것이 설레발이더니 이번에는 너까지, 포도청이 다모들 주둥이에 놀아나는 꼴이라니!"

종사관이 사납게 으르렁거렸다. 그 분노를 고스란히 받고 있는 사람은 사월이였다. 조이는 살금살금 자리를 피해 분이를 찾았다.

"언니, 어떻게 된 거야?"

조이가 분이를 빤히 쳐다보았다.

"어떻게 되긴 뭘? 좌포청, 우포청 할 것 없이 죄다 몰려갔는데 도적단이 나타나지 않아서 허탕을 친 거지. 그 덕에 사월이만 된통 혼나는 거고."

분이가 턱을 치켜들고 새침하게 말했다.

"왜 사월 언니를……."

"내가 아니라 사월이가 신고한 거야. 사월이 고것이 내가 노랫말에 신경 쓰고 있는 걸 눈치챘거든. 너도 알다시피 걔가 머리가 좋잖아. 금세 속뜻을 풀더라고."

분이의 얼굴이 샘으로 뿌루퉁해졌다.

"그랬구나. 근데 서현 도련님한테는 왜……."

"아, 그거? 너, 그 도령이 좋다며? 혹시라도 도령이 죽으면 너도 따라 죽는다고 난리 칠 거 같아서. 의적을 잡아넣었다고 백성들한테 욕먹고 싶지도 않고 말이야."

분이가 별거 아니라는 투로 말했다.

"면천할 기회였는데 후회하지 않겠어? 포상금도 아깝잖아."

조이는 분이의 속마음이 궁금했다.

"면천해서 평범하게 사는 게 생각보다 별로일 거 같더라. 네 말대로 내가 이 일을 꽤 좋아하고 있더라고. 포상금이야 진짜 도적놈 잡아서 받으면 되지, 뭐. 도적이 검은 말 도적단만 있는 것도 아니잖아. 세상은 넓고 잡아넣을 나쁜 놈도 많다, 이거지."

분이가 너스레를 떨며 어깨를 으쓱해 보였다. 그리고 짐짓 눈을 크게 부릅뜨고는 조이한테 으름장을 놓았다.

"너, 설마 다모가 되고 싶다는 꿈을 버린 건 아니겠지? 어림도 없는 소리! 내가 혹독하게 수련시켜 줄 테니 앞으로 각오 단단히 해."

"네!"

조이가 목청껏 크게 소리쳤다. 입꼬리도 눈꼬리도 들썩들썩했다. 분이의 입가에도 미소가 걸렸다.

"그럼 오늘은 막걸리부터 시작해 볼까?"

"으악, 싫어!"

조이는 진저리를 치며 뒷걸음질했다. 생각만 해도 속이 울렁거렸다.

'술을 못 먹어도 실력은 좋은 다모도 분명히 있을 거야. 아니, 있어야 해.'

조이의 속을 빤히 들여다본 듯 분이는 코웃음 치며 냉큼 뒷덜미를 낚아챘다. 조이가 벗어나려고 바동거렸지만, 힘이 장사인 분이를 당해 낼 수 없었다. 허우적대며 끌려가는 조이의 머리 위로 가을 햇살이 쏟아졌다.

새로운 하루가 시작되고 있었다.

　어린 시절 할머니한테 이상한 이야기를 들었어요. 얼마나 이상했으면 지금까지 뇌리에 콕 박혀 있을까요.

　할머니는 열여덟 살에 두 살 어린 할아버지와 결혼했어요. 열여덟 살이 되도록 집을 벗어난 적이 한 번도 없었고요. 처음으로 대문 문턱을 넘은 게 꽃가마 타고 시집가는 날이었대요. 거기다 그 전까지 사촌들 말고는 남자 얼굴을 직접 본 적도 없었다지 뭐예요. 집안이 무척 엄했던 거지요. 시골에서 제법 이름 있는 양반가의 후손이었다나요.

　어디서 많이 들어 본 이야기 같지요? 맞아요. 조이가

자라 온 모습과 여러모로 비슷해요. 네? 할머니가 조선 시대 사람이냐고요? 3·1 운동 다음 해(1920년)에 태어나셨으니 조선 시대 사람은 아니지만, 상황은 조이와 별반 다를 게 없었어요. 아니, 살아 계셨다면 오히려 조이를 부러워했을지도 모르지요. 적어도 조이는 글이라도 읽을 수 있었으니까요.

할머니는 글을 배우지 못했어요. 가난해서 학교에 다니지 못해서가 아니에요. 근방에서 유명한 부잣집 딸이었는걸요. 단지 딸이라서 바느질과 부엌일 말고는 가르치지 않은 거예요. 딸은 시집가면 끝이라고 생각했던 거지요.

아무튼 할머니는 자신이 까막눈인 게 평생 서러웠대요. 그래서 마흔 살이 넘은 나이에 글을 배우겠다고 결심하셨어요. 여덟 남매를 키우는 상황에서 쉽지 않은 일이었지만 결국 해내셨지요.

할머니의 이야기가 어릴 때는 믿기지 않았어요. 그렇게 산다는 게 너무나 이상하고 신기하고 황당하기까지 했으니까요. 그리고 어른이 되어 역사를 공부하면서 비로소 알게 되었어요. 여자가 글을 배우고 대문 밖을 나가는 것만으로도 죄가 되는 시대가 있었다는 것을요.

　이 작품을 그 시대의 할머니와 수많은 조이에게 바칩니다.

신은경

 1

© 신은경·휘요, 2025

초판 1쇄 인쇄일 2025년 2월 14일
초판 1쇄 발행일 2025년 3월 4일

지은이   신은경
그린이   휘요
펴낸이   강병철

책임편집   유지서 전욱진
크로스교정   정사라
편집   서효원 장새롬 이주연
디자인   이도이
마케팅   최금순 이언영 연병선 송의정
제작   홍동근

펴낸곳   이지북
출판등록   1997년 11월 15일 제105-09-06199호
주소   (04047) 서울시 마포구 양화로6길 49
전화   편집부 (02)324-2347, 경영지원부 (02)325-6047
팩스   편집부 (02)324-2348, 경영지원부 (02)2648-1311
이메일   ezbook@jamobook.com

ISBN 979-11-93914-66-3 74810
      978-89-5707-898-3 (세트)

"콘텐츠로 만나는 새로운 세상, 콘텐츠를 만나는 새로운 방법, 책에 대한 새로운 생각"
이지북은 세상 모든 것에 대한 여러분의 소중한 콘텐츠를 기다립니다.